Charles Dickens
Eine Weihnachtsgeschichte

Charles Dickens

Eine Weihnachtsgeschichte

Überarbeitete Version von Alexander Fischer

Impressum

Bibliografische Information der Deutschen Nationalbibliothek:
Die Deutsche Nationalbibliothek verzeichnet diese Publikation
in der Deutschen Nationalbibliografie; detaillierte bibliografische Daten sind im Internet über http://dnb.dnb.de abrufbar.

Die automatisierte Analyse des Werkes, um daraus Informatio-
nen insbesondere über Muster, Trends und Korrelationen ge-
mäß §44b UrhG („Text und Data Mining") zu gewinnen, ist
untersagt.

Verlag:	BoD · Books on Demand GmbH, In de Tarpen 42, 22848 Norderstedt, bod@bod.de
Druck:	Libri Plureos GmbH, Friedensallee 273, 22763 Hamburg
ISBN:	978-3-7693-2479-2

Inhaltsverzeichnis

Erste Strophe

Marleys Geist

Marley war tot, damit wollen wir anfangen. Kein Zweifel kann
darüber bestehen. Der Schein über seine Beerdigung war unter-
schrieben von dem Geistlichen, dem Küster, dem Leichenbe-
statter und den vornehmsten Leidtragenden. Scrooge unter-
schrieb ihn, und Scrooges Name wurde an der Börse respek-
tiert, wo er ihn auch hinschrieb. Der alte Marley war so tot wie
ein Türnagel.

Versteht mich recht! Ich will nicht etwa sagen, dass ein Türnagel etwas besonders Totes für mich hätte. Ich selbst möchte fast zu der Meinung neigen, dass das toteste Stück Eisen auf der Welt ein Sargnagel sei. Aber die Weisheit unserer Altvorderen liegt in den Gleichnissen, und meine unheiligen Hände sollen sie dort nicht stören, sonst wäre es um das Vaterland geschehen. Man wird mir also erlauben, mit besonderem Nachdruck zu wiederholen, dass Marley so tot wie ein Türnagel war.

Wusste Scrooge, dass er tot war? Natürlich wusste er's. Wie sollte es auch anders sein? Scrooge und er waren, ich weiß nicht seit wie vielen Jahren, Kompagnons. Scrooge war sein einziger Testamentsvollstrecker, sein einziger Verwalter, sein einziger Erbe, sein einziger Freund und sein einziger Leidtragender. Und selbst Scrooge war von dem traurigen Ereignis nicht so schrecklich mitgenommen, um nicht selbst am Begräbnistag ein vortrefflicher Geschäftsmann sein und ihn mit einem unzweifelhaft guten Handel feiern zu können.

Nun bringt mich die Erwähnung von Marleys Begräbnistag wieder zu dem Ausgangspunkt meiner Erzählung zurück. Es gibt keinen Zweifel, dass Marley tot war. Das muss scharf ins Auge gefasst werden, sonst kann in der Geschichte, die ich erzählen will, nichts Wunderbares geschehen. Wenn wir nicht vollkommen fest überzeugt wären, dass Hamlets Vater tot ist, ehe das Stück beginnt, so wäre durchaus nichts Merkwürdiges in seinem nächtlichen Spaziergang bei scharfem Ostwind auf den Mauern seines eigenen Schlosses. Nicht mehr, als bei jedem anderen Herrn in mittleren Jahren, der sich nach Sonnenuntergang rasch zu einem Spaziergang auf einem luftigen Platz entschließt, zum Beispiel auf dem Sankt-Pauls-Kirchhof.

Scrooge ließ Marleys Namen nicht ausstreichen. Noch nach Jahren stand über der Tür des Speichers: „Scrooge und Marley". Die Firma war unter dem Namen „Scrooge und Marley" bekannt. Leute, die Scrooge nicht kannten, nannten ihn zuweilen

Scrooge und zuweilen Marley; aber er hörte auf beide Namen, denn es galt ihm beides gleich.

Oh, er war ein wahrer Blutsauger, dieser Scrooge! Ein gieriger, zusammenkratzender, festhaltender, geiziger alter Sünder: hart und scharf wie ein Kiesel, aus dem noch kein Stahl einen warmen Funken geschlagen hat, verschlossen und selbstgenügsam und ganz für sich, wie eine Auster. Die Kälte in seinem Herzen machte seine alten Gesichtszüge starr, seine spitze Nase noch spitzer, sein Gesicht runzlig, seinen Gang steif, seine Augen rot, seine dünnen Lippen blau, und sie klang aus seiner krächzenden Stimme heraus. Ein frostiger Reif lag auf seinem Haupt, auf seinen Augenbrauen, auf dem starken, struppigen Bart. Er schleppte seine eigene niedere Temperatur immer mit sich herum: in den Hundstagen kühlte er sein Kontor wie mit Eis, zur Weihnachtszeit machte er es nicht um einen Grad molliger.

Äußere Hitze und Kälte wirkten wenig auf Scrooge. Keine Wärme konnte ihn wärmen, keine Kälte frösteln machen. Kein Wind war schneidender als er, kein Schneegestöber erbarmungsloser, kein klatschender Regen einer Bitte weniger zugänglich. Schlechtes Wetter konnte ihm nichts anhaben. Der ärgste Regen, Schnee oder Hagel konnten sich nur in einer Art rühmen, besser zu sein als er: Sie gaben oft im Überfluss, und das tat Scrooge nie und nimmer.

Niemals kam ihm jemand auf der Straße entgegen, um mit freundlichen Blicken zu ihm zu sagen:»Mein lieber Scrooge, wie geht's, wann werden Sie mich einmal besuchen?« Kein Bettler sprach ihn um eine Kleinigkeit an, kein Kind fragte ihn, wie spät es sei, kein Mann und keine Frau hat ihn je in seinem Leben nach dem Weg gefragt. Selbst der Hund des Blinden schien ihn zu kennen, und wenn er ihn kommen sah, zog er seinen Herrn in einen Torweg und wedelte dann mit dem Schwanz, als wollte er sagen: »Gar kein Auge, blinder Herr, ist besser als ein böses Auge.«

Doch was kümmerte all das den alten Scrooge? Gerade das gefiel ihm. Allein seinen Weg durch die engen Pfade des Lebens zu wandern, jedem menschlichen Gefühl zu sagen: »Bleibe mir fern«; das war es, was Scrooge gefiel.

Einmal, es war von allen guten Tagen im Jahr der beste, der Christabend, saß der alte Scrooge in seinem Kontor. Draußen war es schneidend kalt und neblig, und er konnte hören, wie die Leute im Hof, um sich zu erwärmen, prustend auf und nieder gingen, die Hände aneinander schlugen und mit den Füßen stampften. Es hatte eben erst drei Uhr geschlagen, doch war es schon stockfinster. Den ganzen Tag über war es nicht hell geworden, und die Kerzen in den Fenstern der benachbarten Kontore flackerten wie rote Flecken auf der dicken braunen Luft. Der Nebel drang durch jede Spalte und durch jedes Schlüsselloch und war draußen so dick, daß die gegenüberliegenden Häuser des sehr kleinen Hofes wie ihre eigenen Geister aussahen. Wenn man die trübe, dicke, alles verfinsternde Wolke heruntersinken sah, hätte man meinen können, die Natur wohne direkt nebenan und stelle alles in großen Mengen her.

Die Tür von Scrooges Kontor stand offen, damit er seinen Kommis beaufsichtigen konnte, der in einem erbärmlich feuchten, kleinen Raum, einer Art Burgverlies, Briefe kopierte. Scrooge hatte nur ein sehr kleines Feuer, aber des Dieners Feuer war um so viel kleiner, daß es nur wie eine einzige Kohle aussah. Er konnte aber nicht nachlegen, denn Scrooge hatte den Kohlenkasten in seinem Zimmer, und jedes Mal, wenn der Kommis mit der Kohlenschaufel in der Hand hereinkam, meinte sein Herr, es sei wohl nötig, daß sie sich trennten. Worauf der Kommis seinen weißen Schal umband und versuchte, sich an dem Licht zu wärmen, was aber immer fehlschlug, da er ein Mann von nicht sehr starker Einbildungskraft war.

»Fröhliche Weihnachten, Onkel, Gott erhalte Sie!« rief da eine heitere Stimme. Es war die Stimme von Scrooges Neffen, der so schnell hereingekommen war, daß dieser Gruß das erste war, was man von ihm bemerkte.

»Pah«, sagte Scrooge, »dummes Zeug!«

Der Neffe war vom schnellen Laufen so warm geworden, daß er über und über glühte; sein Gesicht war rot und hübsch, seine Augen glänzten und sein Atem rauchte.

»Weihnachten dummes Zeug, Onkel?", sagte Scrooges Neffe. »Das kann nicht Ihr Ernst sein.«

»Es ist mein Ernst«, sagte Scrooge. »Fröhliche Weihnachten? Was für ein Recht hast du, fröhlich zu sein? Was für einen Grund, fröhlich zu sein? Du bist arm genug.«

»Nun«, antwortete der Neffe heiter, »was für ein Recht haben Sie, grämlich zu sein? Was für einen Grund, mürrisch zu sein? Sie sind reich genug.«

Scrooge, der im Augenblick keine bessere Antwort darauf bereit hatte, sagte noch einmal »Pah!« und brummte hinterher »Dummes Zeug!«

»Seien Sie nicht böse, Onkel«, sprach der Neffe.

»Was soll ich anderes sein«, antwortete der Onkel, »wenn ich in einer Welt voll solcher Narren lebe? Fröhliche Weihnachten! Der Henker hole die fröhlichen Weihnachten! Was ist Weihnachten für dich anderes, als eine Zeit, in der du Rechnungen bezahlen sollst, ohne Geld zu haben, eine Zeit, in der du dich um ein Jahr älter und nicht um eine Stunde reicher findest, eine Zeit, in der du deine Bücher abschließest und in jedem Posten durch ein volles Dutzend von Monaten ein Defizit siehst? Wenn es nach mir ginge«, setzte Scrooge heftig hinzu, »so müsste jeder Narr, der mit seinem ›Fröhliche Weihnachten‹ herumläuft, mit seinem eigenen Pudding gekocht und mit einem Stechpalmenzweig im Herzen begraben werden.«

»Onkel!'', bat der Neffe.

»Neffe«, antwortete der Onkel erbost, »feiere du Weihnachten nach deiner Art und lass es mich nach meiner feiern.«

»Feiern!« wiederholte Scrooges Neffe. »Aber Sie feiern es ja nicht.«

»Lass mich ungeschoren«, brummte Scrooge. »Mag es dir Nutzen bringen. Es hat dir ja immer schon Nutzen gebracht.«

»Es gibt viele Dinge, die mir hätten nützen können und die ich nicht genutzt habe, das weiß ich«, antwortete der Neffe, »und Weihnachten ist eins davon. Aber ich weiß gewiss, daß ich Weihnachten, abgesehen von der Verehrung, die wir seinem heiligen Namen und Ursprung schuldig sind, immer als eine gute Zeit betrachtet habe, als eine liebe Zeit, als die Zeit der Vergebung und Barmherzigkeit, als die einzige Zeit, die ich in dem ganzen langen Jahreskalender kenne, da die Menschen einträchtig ihre verschlossenen Herzen auftun und die andern Menschen ansehen, als wären sie wirklich Reisegefährten nach dem Grabe und nicht eine ganz andere Art von Geschöpfen, die einen ganz andern Weg gehen. Und daher, Onkel, wenn es mir auch niemals ein Stück Gold oder Silber in die Tasche gebracht hat, daher glaube ich doch, es hat mir Gutes getan, und es wird mir Gutes tun, und ich sage ›Gott segne das Weihnachtsfest!‹«

Der Diener in dem Burgverlies draußen applaudierte unwillkürlich; aber im Augenblick darauf fühlte er auch die Unschicklichkeit seines Betragens, schürte die Kohlen und löschte dadurch die letzten kleinen Funken unwiederbringlich.

»Wenn Sie da drin mich noch einen einzigen Laut hören lassen«, sagte Scrooge, »so feiern Sie Ihre Weihnachten mit dem Verlust Ihrer Stelle. – Du bist ein ganz gewaltiger Redner«, fügte er dann hinzu, sich zu seinem Neffen wendend. »Es wundert mich, daß du noch nicht ins Parlament gekommen bist!«

»Seien Sie nicht böse, Onkel. Essen Sie morgen mit uns.«

Scrooge sagte, daß er ihn erst verdammt sehen wolle; ja wahrhaftig, er sprach sich so deutlich aus.

»Aber warum?", rief Scrooges Neffe. »Warum denn?«

»Warum hast du dich verheiratet?« fragte Scrooge.

»Weil ich mich verliebte.«

»Weil er sich verliebte!« brummte Scrooge, als sei dies das einzige Ding in der Welt, das noch lächerlicher als eine fröhliche Weihnacht ist. »Guten Abend!«

»Aber Onkel, Sie haben mich ja auch vorher nie besucht. Warum soll es da ein Grund sein, mich jetzt nicht zu besuchen?«

»Guten Abend!", sagte Scrooge.

»Ich brauche nichts von Ihnen, ich verlange nichts von Ihnen, warum können wir nicht gute Freunde sein?«

»Guten Abend!", sagte Scrooge.

»Ich bedaure wirklich von Herzen, Sie so hartnäckig zu finden. Wir haben nie einen Zank miteinander gehabt, an dem ich schuld gewesen wäre. Aber ich habe den Versuch gemacht, Weihnachten zu Ehren, und ich will meine Weihnachtsstimmung bis zuletzt behalten. Fröhliche Weihnachten, Onkel!«

»Guten Abend!« sagte Scrooge.

»Und ein glückliches Neujahr!«

»Guten Abend!« sagte Scrooge.

Trotz allem verließ der Neffe das Zimmer ohne ein böses Wort. An der Haustür blieb er dann stehen, um mit dem Glückwunsch des Tages den Kommis zu begrüßen, der trotz der Kälte dennoch wärmer war als Scrooge, denn er gab den Gruß freundlich zurück.

»Das ist auch so ein Kerl!« brummte Scrooge, der es hörte. »Mein Kommis, mit fünfzehn Shilling die Woche und Frau und Kindern, spricht von fröhlichen Weihnachten. Ich gehe nach Bedlam ins Irrenhaus.«

Der Kommis hatte, als er den Neffen hinausließ, zwei andere Personen eingelassen. Es waren zwei behäbige, wohlansehnliche Herren, die jetzt, mit dem Hut in der Hand, in Scrooges Kontor standen. Sie hatten Bücher und Papiere unterm Arm und verbeugten sich.

»Scrooge und Marley, glaube ich«, sagte einer der Herren, indem er auf seine Liste sah. »Hab ich die Ehre, mit Mr. Scrooge oder mit Mr. Marley zu sprechen?«

»Mr. Marley ist seit sieben Jahren tot«, antwortete Scrooge. »Er starb heute vor sieben Jahren.«

»Wir zweifeln nicht, daß sein überlebender Kompagnon ganz seine Freigebigkeit besitzen wird«, sagte der Herr, indem er ihm sein Beglaubigungsschreiben überreichte.

Er hatte ganz recht, denn sie waren wirklich zwei verwandte Seelen gewesen. Bei dem ominösen Wort Freigebigkeit runzelte Scrooge die Stirn, schüttelte den Kopf und gab das Papier zurück.

»An diesem festlichen Tage des Jahres, Mr. Scrooge«, sagte der Herr, eine Feder ergreifend, »ist es mehr als sonst wünschenswert, wenigstens einigermaßen für die Armen zu sorgen, die zu dieser Zeit in großer Bedrängnis leben. Vielen Tausenden fehlen selbst die notwendigsten Bedürfnisse, Hunderttausenden die notdürftigsten Bequemlichkeiten des Lebens.«

»Gibt es keine Gefängnisse?« fragte Scrooge.

»Überfluss an Gefängnissen«, sagte der Herr, die Feder wieder hinlegend.

»Und die Armenhäuser?« fragte Scrooge. »Bestehen die noch?«

»Allerdings«, antwortete der Herr, »aber doch wünschte ich, sie brauchten weniger in Anspruch genommen zu werden.«

»Tretmühle und Armengesetz sind in voller Kraft?« sagte Scrooge.

»Beide haben alle Hände voll zu tun.«

»So? Nach dem, was Sie zuerst sagten, fürchtete ich, es halte sie etwas in ihrem nützlichen Gang auf«, sagte Scrooge. »Ich freue mich, das Gegenteil zu hören.«

»In der Überzeugung, daß sie doch wohl kaum imstande sind, der Seele oder dem Leib der Armen christliche Stärkung zu geben«, entgegnete der Herr, »sind einige von uns zur Veranstaltung einer Sammlung zusammengetreten, um für die Armen Nahrungsmittel und Feuerung anzuschaffen. Und wir wählen diese Zeit, weil sie vor allen andern eine Zeit ist, da der Mangel am bittersten gefühlt wird und nur der Reiche sich freut. Welche Summe darf ich für Sie aufschreiben?«

»Nichts«, antwortete Scrooge.

»Sie wünschen ungenannt zu bleiben?«

»Ich wünsche, dass man mich in Ruhe lässt«, sagte Scrooge. »Da Sie mich fragen, meine Herren, was ich wünsche, so ist eben dies meine Antwort. Ich freue mich selbst nicht zu Weihnachten und habe nicht die Mittel, mit meinem Geld Faulenzern Freude zu machen. Ich trage meinen Teil zu den Anstalten bei, die ich genannt habe; sie kosten genug, und wem es schlecht geht, der mag dorthin gehen!«

»Viele können nicht hingehen, und viele würden eher sterben.«

»Wenn sie eher sterben würden«, sagte Scrooge, »so wäre es gut, wenn sie es täten und die überflüssige Bevölkerung dadurch verminderten. Übrigens, Sie entschuldigen, ich weiß nichts davon.«

»Aber Sie könnten es wissen«, bemerkte der Herr.

»Es kümmert mich nichts«, antwortete Scrooge. »Es genügt, wenn ein Mann sein eigenes Geschäft versteht und sich nicht in das anderer Leute mischt. Das meinige nimmt meine ganze Zeit in Anspruch. Guten Abend, meine Herren!«

Da sie deutlich einsahen, wie vergeblich weitere Versuche sein würden, zogen sich die Herren zurück. Scrooge setzte sich wieder an die Arbeit mit einer erhöhten Meinung von sich selbst und in einer besseren Laune als gewöhnlich.

Nebel und Dunkelheit hatten inzwischen so zugenommen, dass die Leute mit brennenden Fackeln herumliefen, um den Wagen vorzuleuchten. Der alte Kirchturm, dessen brummende alte Glocke sonst unverwandt aus einem alten gotischen Fenster in der Mauer listig auf Scrooge herabsah, wurde unsichtbar in den Wolken und schlug die Stunden und Viertel mit einem zitternden Nachklang, als wenn in dem erfrorenen Kopfe droben die Zähne klapperten. Die Kälte wurde immer schneidender. In der Hauptstraße an der Ecke der Sackgasse wurden die Gasleitungen ausgebessert, und die Arbeiter hatten ein großes Feuer in einer Kohlenpfanne angezündet. Darum herum drängten sich einige zerlumpte Männer und Knaben, die über den Flammen behaglich blinzelnd sich die Hände wärmten. Aus der eisernen Pumpe, sich selbst überlassen, floss ungehindert Wasser aus, aber bald war es zu Eis erstarrt.

Der Lichtschimmer der Läden, in deren Fenstern Stechpalmenzweige und Beeren in der Lampenwärme knisterten, rötete die bleichen Gesichter der Vorübergehenden. Die Gewölbe der Geflügel- und Materialwarenhändler sahen aus wie ein glänzendes, fröhliches Märchenland, und es schien fast unmöglich, damit den Gedanken an eine so langweilige Sache wie Kauf und Verkauf zu verbinden. Der Lord Mayor gab in den inneren Gemächern des Mansion House seinen fünfzig Köchen und Kellermeistern Befehl, Weihnachten zu feiern, wie es eines Lord Mayors würdig ist, und selbst der kleine Schneider, den er am Montag vorher wegen Trunkenheit und blutrünstiger Äußerungen in der Öffentlichkeit mit fünf Shilling gestraft hatte, rührte den Pudding für morgen in seinem Dachkämmerchen, während seine magere Frau mit dem Säugling auf dem Arm wegging, um das Roastbeef zu kaufen.

Immer nebliger und kälter wurde es, durchdringend, schneidend kalt. Wenn der gute, heilige Dunstan die Nase des Gottseibeiuns nur mit einem Hauch von diesem Wetter gefasst hätte, anstatt seine gewöhnlichen Waffen zu gebrauchen, dann hätte er wohl recht gebrüllt. Der Inhaber einer kleinen, jungen Nase, an der die hungrige Kälte biss und nagte, wie Hunde an einem Knochen, legte sich an Scrooges Schlüsselloch, um ihn mit einem Weihnachtslied zu erfreuen. Aber beim ersten Ton des Liedes ergriff Scrooge das Lineal mit einer solchen Heftigkeit, dass der Sänger voll Schrecken entfloh und das Schlüsselloch dem Nebel und dem noch verwandteren Frost überließ.

Endlich kam die Feierabendstunde. Unwillig stieg Scrooge von seinem Sessel und gab dadurch dem harrenden Kommis in dem Verlies stillschweigend die Einwilligung zum Aufbruch, worauf dieser sogleich das Licht auslöschte und den Hut aufsetzte.

„Sie wollen morgen den ganzen Tag frei haben, vermute ich", sagte Scrooge.

„Wenn es Ihnen recht ist, Sir."

„Es ist mir durchaus nicht recht", sagte Scrooge, „und es gehört sich auch nicht. Wenn ich Ihnen eine halbe Krone dafür abzöge, würden Sie denken, es geschähe Ihnen Unrecht, nicht wahr?"

Der Kommis antwortete mit einem gezwungenen Lächeln.

„Und doch", sagte Scrooge, „denken Sie nicht daran, dass mir Unrecht geschieht, wenn ich einen Tag Lohn bezahle für einen Tag Faulenzen."

Der Kommis bemerkte, dass es ja nur einmal im Jahr geschähe.

„Eine armselige Entschuldigung, um an jedem fünfundzwanzigsten Dezember eines Mannes Tasche zu bestehlen", murrte Scrooge, indem er seinen Überrock bis an das Kinn zuknöpfte. „Aber ich vermute, Sie wollen den ganzen Tag frei haben? Seien Sie wenigstens übermorgen umso früher hier!"

Der Kommis versprach es, und Scrooge ging mit einem Brummen fort. Das Kontor war im Nu geschlossen, und der Kommis, dem die langen Enden seines weißen Schals um die Beine baumelten, schlitterte zu Ehren des Festes in einer Reihe von Knaben zwanzigmal Cornhill hinunter; dann lief er so schnell wie möglich in seine Wohnung in Camden Town, um dort Blindekuh zu spielen.

Scrooge nahm sein einsames, trübseliges Mahl in seinem gewöhnlichen, einsamen, trübseligen Gasthaus ein, und nachdem er alle Zeitungen gelesen und sich den Rest des Abends mit seinem Bankjournal vertrieben hatte, ging er nach Hause zurück, um zu schlafen. Er wohnte in den Zimmern, die seinem verstorbenen Kompagnon gehört hatten. Es war eine düstere Flucht von Zimmern in einem niedrigen, dunklen Gebäude, das in seinen Hof so ganz und gar nicht hineinpasste, dass man fast hätte glauben mögen, es habe sich, als es noch ein junges Haus war und mit anderen Häusern Versteck spielte, dorthin verlaufen und nicht wieder hinausfinden können. Jetzt war es alt und öde, weil niemand dort wohnte außer Scrooge, und alle anderen Örtlichkeiten als Geschäftsräume vermietet waren. Der Hof war so dunkel, dass selbst Scrooge, der dort jeden Pflasterstein kannte, seinen Weg mit den Händen ertasten musste. Der Nebel und der Frost ballten sich so dick und schwer um den schwarzen alten Torweg des Hauses, als hocke der Wettergeist in trübem Sin-

18

nen auf der Schwelle.

Nun steht es fest, dass an dem Klopfer der Haustür ganz und
gar nichts Besonderes war außer seiner Größe. Auch steht es
fest, dass ihn Scrooge jeden Abend und jeden Morgen, seitdem
er das Haus bewohnte, gesehen hatte und dass Scrooge so wenig Fantasie besaß, wie irgendjemand in der City von London,
mit Einschluss des Stadtrats – wenn das zu sagen erlaubt ist –,
der Aldermen und der Zünfte. Man vergesse auch nicht, dass
Scrooge, außer heute Nachmittag, keine Sekunde an seinen vor
sieben Jahren verstorbenen Kompagnon gedacht hatte. Und
dann erkläre mir jemand, warum Scrooge, als er seinen Schlüssel in das Türschloss steckte, in dem Klopfer, ohne dass dieser
sich vor seinen Augen verändert hätte, keinen Türklopfer, sondern Marleys Gesicht sah?

Ja, Marleys Gesicht. Es war nicht von so undurchdringlichem
Dunkel umgeben, wie die anderen Gegenstände im Hof, sondern von einem unheimlichen Licht, wie ein verdorbener Hum-
mer in einem dunklen Keller. Es blickte ihm nicht wild entgegen oder zürnend, sondern sah Scrooge an, wie ihn Marley
gewöhnlich angesehen hatte, die gespenstische Brille auf die gespenstische Stirn hinaufgeschoben. Das Haar stand ihm seltsam
zu Berge, wie von Atem oder heißer Luft gesträubt, und obgleich die Augen weit offen standen, waren sie doch ohne jede
Bewegung. Dies und die leichenhafte Farbe machten das Gesicht schrecklich; aber diese Schrecklichkeit schien eher etwas
dem Gesicht Aufgezwungenes zu sein, als ein Teil seines Aus-
drucks.

Als Scrooge fest auf die Erscheinung blickte, da sah er wieder
einen Türklopfer!

Es wäre eine Unwahrheit zu sagen, er sei nicht erschrocken
oder sein Blut habe nicht ein grausendes Gefühl durchzuckt,
das ihm seit seiner Kindheit unbekannt geblieben war. Aber ge-
waltsam fasste er sich, fasste mit der Hand abermals nach dem

Schlüssel, drehte ihn um, trat in das Haus und zündete sein Licht an.

Und doch zögerte er einen Augenblick, bevor er die Tür schloss, und spähte erst vorsichtig dahinter, als fürchte er wirklich, mit dem Anblick von Marleys Zopf erschreckt zu werden. Aber hinter der Tür war nichts, als die Schrauben, die den Klopfer festhielten, und so sagte er: „Bah, Bah", und warf sie hinter sich ins Schloss.

Der Schall klang wie ein Donner durch das Haus. Jedes Zimmer oben und jedes Fass in des Weinhändlers Keller unten schien mit seinem besonderen Echo zu antworten. Scrooge war nicht der Mann, der sich durch Echos erschrecken ließ. Er schloss die Tür, ging über den Hausflur und die Treppe hinauf, und zwar langsam, langsam und beim Hinaufgehen das Licht heller machend.

Man mag behaupten, dass sichs mit einem Sechsspänner eine stattliche alte Treppenflucht hinauf – oder mitten durch ein neues Parlamentsdekret hindurchsausen lasse; ich sage aber, dass man mit einem Leichenwagen, und zwar der Quere nach, mit der Deichsel nach der Wand und mit der Tür nach dem Geländer zu, diese Treppe hinaufgekommen wäre, und zwar ganz bequem. Und das ist vielleicht die Ursache, warum Scrooge glaubte, er sähe einen Leichenwagen vor sich hinaufdampfen. Ein halbes Dutzend Gaslampen von der Straße aus hätten den Eingang nicht hell genug gemacht, und so kann man sich denken, dass es bei Scrooges kleinem Talglicht ziemlich dunkel blieb.

Scrooge aber ging hinauf und kümmerte sich keinen Pfifferling um all das. Dunkelheit ist billig, und das Billige liebte Scrooge. Aber ehe er seine schwere Tür zumachte, ging er durch die Zimmer, um zu sehen, ob alles in Ordnung sei. Er erinnerte sich des Gesichts noch gerade genug, um das zu wünschen.

Wohnzimmer, Schlafzimmer, Rumpelkammer, alles war, wie es sein sollte. Niemand unter dem Tisch, niemand unter dem Sofa; ein kleines Feuer auf dem Rost, Löffel und Teller bereit und das kleine Töpfchen Haferschleim (Scrooge hatte den Schnupfen) auf dem Feuer. Niemand unter dem Bett, niemand im Alkoven, niemand in seinem Schlafrock, der auf eine ganz verdächtige Weise an der Wand hing. Die Rumpelkammer wie gewöhnlich. Ein alter Kaminschirm, alte Schuhe, zwei Fischkörbe, ein dreibeiniger Waschtisch und ein Schüreisen.

Vollkommen zufriedengestellt, machte er die Tür zu, schloss sich ein und schob noch den Riegel vor. So gegen Überraschung sichergestellt, legte er seine Halsbinde ab, zog seinen Schlafrock an und die Pantoffeln, setzte die Nachtmütze auf und nahm dann vor dem Feuer Platz, um seinen Haferschleim zu essen.

Es war wirklich ein sehr kleines Feuer, in einer so kalten Nacht so gut wie gar keins. Er musste sich dicht daran setzen und sich darüber hinbeugen, um das geringste Wärmegefühl von dieser Handvoll Kohlen zu erhaschen. Der Kamin war vor langen Jahren von einem holländischen Kaufmann gebaut worden und ringsum mit seltsamen holländischen Fliesen mit Bildern aus der biblischen Geschichte belegt. Da sah man Kain und Abel, Pharaos Töchter, die Königin von Saba, Engel durch die Luft auf Wolken gleich Federbetten herabschwebend, Abraham, Belsazar, Apostel in See gehend auf Butterschiffen, Hunderte von Figuren, seine Gedanken zu beschäftigen, und doch kam das Gesicht Marleys wie der Stab des alten Propheten und verschlang alles andere. Wenn jede glänzende Fliese weiß gewesen wäre und die Macht gehabt hätte, aus den vereinzelten Fragmenten seiner Gedanken ein Bild auf ihre Fläche zu zaubern, auf jeder wäre ein Abbild von des alten Marleys Gesicht erschienen.

»Dummes Zeug!« brummte Scrooge und schritt durch das Zimmer.

Nachdem er einige Male auf und ab gegangen war, setzte er sich wieder. Als er den Kopf in den Stuhl zurücklegte, fiel sein Auge wie durch Zufall auf eine Klingel, eine alte, nicht mehr gebrauchte Klingel, die zu einem jetzt vergessenen Zwecke mit einem Zimmer im obersten Stockwerk des Hauses in Verbindung stand. Zu seinem großen Erstaunen und mit einem seltsamen, unerklärlichen Schauer sah er, wie die Klingel sich zu bewegen begann: erst bewegte sie sich so wenig, daß sie kaum einen Ton von sich gab, aber bald schellte sie laut und mit ihr jede andre Klingel des Hauses.

Das mochte eine halbe Minute gedauert haben, oder eine ganze, aber es kam ihm vor wie eine Stunde. Die Klingeln hörten gleichzeitig auf, wie sie gleichzeitig angefangen hatten. Dann vernahm man ein Rasseln tief unten, als ob jemand über die Fässer in des Weinhändlers Keller eine schwere Kette schleppe. Jetzt erinnerte sich Scrooge, gehört zu haben, daß Gespenster Ketten schleppen.

Die Kellertür flog mit einem dumpfdröhnenden Knall auf, und dann hörte er das Klirren viel lauter auf dem Hausflur unten, dann wie es die Treppe herauf und dann wie es gerade auf seine Tür zukam.

»Es ist ja dummes Zeug«, sagte Scrooge. »Ich glaube nicht dran.«

Aber er wechselte doch die Farbe, als es nun, ohne zu verweilen, durch die schwere Tür und in das Zimmer kam. Als es hereintrat, flammte das sterbende Feuer auf, als riefe es: »Ich kenne ihn, Marleys Geist!«, und die Glut sank wieder zusammen.

Dasselbe Gesicht, ganz dasselbe. Marley mit seinem Zopf, seiner gewöhnlichen Weste, den engen Hosen und hohen Stiefeln, deren Troddeln in die Höhe standen, wie sein Zopf, und ebenso seine Rockschöße und das Haar auf seinem Kopf. Die Kette, die er hinter sich herschleppte, war um seinen Leib geschlungen. Sie war lang, ringelte sich wie ein Schwanz und war (Scrooge betrachtete sie sehr genau) aus Geldkassen, Schlüsseln, Schlössern, Hauptbüchern, Kontrakten und schweren Börsen aus Stahl zusammengesetzt. Sein Leib war so durchsichtig, daß Scrooge durch die Weste hindurch die zwei Knöpfe hinten an seinem Rock sehen konnte.

Scrooge hatte oft sagen gehört, Marley habe kein Herz, aber erst jetzt glaubte er es.

Nein, er glaubte es selbst jetzt noch nicht. Obgleich er das Gespenst durch und durch und vor sich stehen sah, obgleich er den erkältenden Schauer seiner totenstarren Augen fühlte und selbst den Stoff des Tuches erkannte, das ihm um Kopf und Kinn gebunden war und das er früher nicht bemerkt hatte, war er dennoch ungläubig und sträubte sich gegen das Zeugnis seiner Sinne.

»Nun«, sagte Scrooge, scharf und kalt wie gewöhnlich, »was wollt Ihr?«

»Viel!« Das war Marleys Stimme.

»Wer seid Ihr?«

»Fragt mich, wer ich war.«

»Nun, wer wart Ihr?", fragte Scrooge lauter. »Für einen Schatten seid Ihr ja sonderbar.«

»Als ich lebte, war ich Euer Kompagnon, Jacob Marley.«

»Könnt Ihr Euch setzen?", fragte Scrooge und sah ihn zweifelnd an.

»Ich kann es.«

»So tuts.«

Scrooge fragte nur, weil er nicht wusste, ob sich ein so durchsichtiger Geist setzen könne, und er fühlte die Notwendigkeit einer unangenehmen Erklärung, wenn es ihm nicht möglich wäre. Aber der Geist setzte sich auf der anderen Seite des Kamins nieder, als sei er so gewohnt.

»Ihr glaubt nicht an mich?", fragte der Geist.

»Nein«, sagte Scrooge.

»Welches Zeugnis, außer dem Eurer Sinne, wollt Ihr von meiner Wirklichkeit haben?«

»Ich weiß nicht«, sprach Scrooge.

»Warum glaubt Ihr Euren Sinnen nicht?«

»Weil sie die geringste Kleinigkeit stört«, entgegnete Scrooge. »Eine kleine Unpässlichkeit des Magens macht sie zu Lügnern. Ihr könnt ein unverdautes Stück Rindfleisch, ein Käserindchen, ein Stückchen schlechter Kartoffeln sein. Wer Ihr auch sein möget, Ihr habt mehr vom Unterleib, als von der Unterwelt an Euch.«

Es war nicht eben Scrooges Gewohnheit, Witze zu machen, auch fühlte er eben jetzt keine besondere Lust dazu. Die Wahrheit ist, dass er sich bestrebte, lustig zu sein, um sich zu erleichtern und sein Entsetzen niederzuhalten; denn die Stimme des Geistes ließ ihn bis ins Mark erzittern.

Diesen starren, toten Augen nur einen Augenblick schweigend gegenüberzusitzen, wäre teuflisch gewesen, das fühlte Scrooge wohl. Auch, dass das Gespenst seine eigene höllische Atmosphäre hatte, war so grauenerregend. Scrooge fühlte sie nicht selbst, aber doch musste es so sein; denn obgleich das Gespenst ganz regungslos dasaß, bewegten sich sein Haar, seine Rockschöße und seine Stiefeltroddeln wie von dem heißen Dunst eines Ofens.

»Ihr seht diesen Zahnstocher«, sprach Scrooge, seinen Angriff aus dem eben angeführten Grunde sogleich aufs Neue beginnend und von dem Wunsch beseelt, den starren, eisigen Blick des Gespenstes, wenn auch nur für einen Augenblick, von sich abzulenken.

»Ja«, antwortete der Geist.

»Ihr schaut ihn ja nicht an«, sagte Scrooge.

»Aber ich sehe ihn trotzdem«, sprach das Gespenst.

»Gut denn«, antwortete Scrooge. »Ich brauche ihn nur hinunterzuschlucken und mein ganzes übriges Leben hindurch verfolgen mich eine Legion Kobolde, die ich selbst erschaffen habe. Dummes Zeug, sag ich, dummes Zeug!«

Bei diesen Worten stieß das Gespenst einen markerschütternden Schrei aus und ließ seine Kette so grauenerregend und fürchterlich klirren, dass sich Scrooge fest an seinen Stuhl halten musste, um nicht ohnmächtig herunterzufallen. Aber wie wuchs sein Entsetzen, als das Gespenst das Tuch von dem Kopf nahm, als wär es ihm zu warm im Zimmer, sodass der Unterkiefer auf die Brust herunterklappte.

Scrooge fiel auf die Knie nieder und schlug die Hände vors Gesicht.

»Gnade!« rief er. »Schreckliche Erscheinung, warum verfolgst du mich?«

»Mensch mit dem irdisch gesinnten Verstand«, entgegnete der Geist, »glaubst du an mich oder nicht?«

»Ich glaube«, sagte Scrooge, »ich muss glauben. Aber warum wandeln Geister auf Erden, und warum kommen sie zu mir?«

»Von jedem Menschen wird verlangt, daß seine Seele unter seinen Mitmenschen wandle, in die Ferne und in die Nähe«, antwortete der Geist; »und wenn die Seele dies während des Lebens nicht tut, so ist sie verdammt, es nach dem Tode zu tun. Man ist verdammt, durch die Welt zu wandern – ach, wehe mir! – und zu sehen, was man nicht teilen kann, was man aber auf Erden hätte teilen können und zu seinem Glück anwenden sollen.«

Und wieder stieß das Gespenst einen Schrei aus und schüttelte seine Ketten und rang die schattenhaften Hände.

»Du bist gefesselt«, sagte Scrooge zitternd. »Sage mir, warum?«

»Ich trage die Kette, die ich während meines Lebens geschmiedet habe«, sprach der Geist. »Ich schmiedete sie Glied für Glied und Elle für Elle; mit meinem eigenen freien Willen lud ich sie mir auf, und mit meinem eigenen freien Willen trug ich sie. Ihre Glieder kommen dir seltsam vor?«

Scrooge zitterte mehr und mehr.

»Oder willst du wissen«, fuhr der Geist fort, »wie schwer und wie lang die Kette ist, die du selber trägst? Sie war gerade so lang und so schwer wie diese hier, vor sieben Weihnachten. Seitdem hast du daran gearbeitet! Es ist eine schwere Kette.«

Scrooge sah auf den Boden hinab, in der Erwartung, sich von fünfzig oder sechzig Ellen Eisenkette umschlungen zu sehen; aber er sah nichts.

»Jacob«, sagte er flehend. »Jacob Marley, sage mir mehr. Sprich mir Trost zu, Jacob.«

»Ich habe keinen Trost zu geben«, antwortete der Geist. »Er kommt von andern Regionen, Ebenezer Scrooge, und wird von andern Boten zu andern Menschen gebracht. Auch kann ich dir nicht sagen, was ich dir sagen möchte. Ein klein wenig mehr ist alles, was mir erlaubt ist. Nirgends kann ich rasten oder ruhen. Mein Geist ging nie über unser Kontor hinaus – merke wohl auf – im Leben blieb mein Geist immer in den engen Grenzen unsrer schachernden Höhle; und weite Reisen liegen noch vor mir.«

Scrooge hatte die Gewohnheit, wenn er nachdenklich wurde, die Hand in die Hosentasche zu stecken.

Über das nachsinnend, was der Geist sagte, tat er es auch jetzt, aber ohne die Augen zu erheben oder vom Stuhl aufzustehen.

»Du musst dir aber viel Zeit gelassen haben, Jacob«, bemerkte er im Ton eines Geschäftsmannes, obgleich mit viel Demut und Ehrerbietung.

»Viel Zeit!« wiederholte der Geist.

»Sieben Jahre tot«, sagte sinnend Scrooge. »Und die ganze Zeit über gereist.«

»Die ganze Zeit«, sagte der Geist. »Ohne Frieden, ohne Ruhe und mit den Qualen ewiger Reue.«

»Du reisest schnell«, sagte Scrooge.

»Auf den Schwingen des Windes«, sagte der Geist.

»Du hättest eine große Strecke in sieben Jahren bereisen können«, sagte Scrooge.

Als der Geist dies hörte, stieß er wieder einen Schrei aus und klirrte so grässlich mit seiner Kette durch das Grabesschweigen der Nacht, daß ihn die Polizei mit vollem Recht wegen Ruhestörung hätte bestrafen können.

»Oh, gefangen und gefesselt«, rief das Gespenst, »nicht zu wissen, daß Zeitalter von unaufhörlicher Arbeit unsterblicher Geschöpfe vergehen, ehe sich das Gute, dessen die Erde fähig ist, entwickeln kann. Nicht zu wissen, daß jeder christliche Geist dieses Erdenleben zu kurz finden wird, um alles Nützliche zu tun, und wenn er auch in einem noch so kleinen Kreise wirkt.

Aber ich wusste es nicht, ach, ich wusste es nicht!«

»Aber du warst immer ein guter Geschäftsmann, Jacob«, stotterte Scrooge zitternd, der jetzt anfing, das Schicksal des Geistes auf sich selbst zu beziehen.

»Geschäft!", rief das Gespenst, seine Hände abermals ringend. »Der Mensch wäre mein Geschäft gewesen! Das allgemeine Wohl wäre mein Geschäft gewesen! Barmherzigkeit, Versöhnlichkeit und Liebe, alles das wäre mein Geschäft gewesen! Alles, was ich in meinem Gewerbe tat, war nur ein kleiner Tropfen Wasser im weiten Ozean meines Geschäfts!«

Er hielt seine Kette vor sich hin, als ob sie die Ursache seines nutzlosen Schmerzes gewesen wäre, und warf sie abermals dumpfdröhnend nieder.

»Zu dieser Zeit des schwindenden Jahres«, sagte das Gespenst, »leide ich am meisten. Warum ging ich mit zur Erde gehefteten Augen durch die Schar meiner Mitmenschen und wendete meinen Blick nie zu dem gesegneten Stern empor, der die Weisen zur Wohnung der Armut führte? Gab es keine arme Hütte, wohin mich sein Licht hätte leiten können?«

Scrooge hörte mit Entsetzen das Gespenst so reden und fing an, gewaltig zu zittern.

»Höre mich«, mahnte der Geist. »Meine Zeit ist halb vorbei.«

»Ich höre«, hauchte Scrooge. »Aber mach es gnädig mit mir! Werde nicht hitzig, Jacob, ich bitte dich.«

»Wie es kommt, daß ich in einer dir sichtbaren Gestalt vor dich treten kann, das weiß ich nicht. Viele, viele Tage habe ich unsichtbar neben dir gesessen.«

Das war kein angenehmer Gedanke. Scrooge schauderte und wischte sich den Schweiß von der Stirn.

»Es ist kein leichter Teil meiner Sühne«, fuhr der Geist fort. »Heute Nacht komme ich zu dir, um dich zu warnen, da du noch die Möglichkeit hast, meinem Schicksal zu entgehen. Eine Möglichkeit und eine Hoffnung, die du mir zu verdanken hast.«

»Du bist immer mein guter Freund gewesen«, murmelte Scrooge. »Ich danke dir.«

»Drei Geister«, fuhr das Gespenst fort, »werden zu dir kommen.« Bei diesen Worten wurde Scrooges Angesicht fast so unglücklich wie das des Gespenstes.

»Ist das die Möglichkeit und die Hoffnung, die du genannt hast, Jacob?", fragte er mit bebender Stimme.

»Ja.«

»Ich – ich möchte lieber nicht«, sagte Scrooge.

»Ohne ihr Kommen«, sagte der Geist, »kannst du nicht hoffen, den Pfad zu vermeiden, dem ich nun folgen muss. Erwarte den ersten morgen früh, wenn die Glocke eins schlägt.«

»Könnte ich sie nicht alle miteinander hinter mich bringen?« meinte Scrooge.

»Erwarte den zweiten in der nächsten Nacht um dieselbe Stunde. Den dritten in der darauffolgenden Nacht, wenn der letzte Schlag der zwölften Stunde verklungen ist. Schau mich an, denn du siehst mich nicht wieder; und schau mich an, damit du dich um deinetwillen an das erinnerst, was zwischen uns vorgefallen ist.«

Als es diese Worte gesprochen hatte, nahm das Gespenst das Tuch vom Tisch und band es sich wieder um den Kopf. Scrooge merkte es am Geräusch der Zähne, als die Kinnladen zusammenklappten. Er wagte, die Augen zu erheben, und sah seinen übernatürlichen Besuch vor sich stehen, die Augen noch starr auf ihn geheftet und die Kette um Leib und Arme gewunden.

Die Erscheinung entfernte sich rückwärtsgehend, und bei jedem Schritt öffnete sich das Fenster ein wenig, sodass es weit offen stand, als das Gespenst es erreicht hatte. Es winkte Scrooge, näher zu kommen, und er tat es. Als sie noch zwei Schritte voneinander entfernt waren, hob Marleys Geist die Hand und gebot ihm, nicht näher zu kommen. Scrooge stand still, mehr aus Überraschung und Furcht als aus Gehorsam, denn während sich die gespenstische Hand erhob, hörte er verwirrte Klänge durch die Luft schwirren und unzusammenhängende Töne der Klage und des Leids, unsäglich schmerzlich und reuevoll. Das Gespenst hörte eine Weile zu und stimmte dann in das Klagelied ein; danach schwebte es in die dunkle, kalte Nacht hinaus.

Scrooge trat an das Fenster, von Neugier fast zur Verzweiflung getrieben. Er sah hinaus.

Die Luft war mit Schatten angefüllt, die in ruheloser Hast klagend hin- und herschwebten. Jeder trug eine Kette wie Marleys Geist; einige wenige waren zusammengeschmiedet (wahrscheinlich schlechte Minister), keiner war ganz fessellos. Viele waren Scrooge während ihres Lebens bekannt gewesen. Ganz genau hatte er einen alten Geist in einer weißen Weste gekannt, der einen ungeheuren eisernen Geldkasten hinter sich herschleppte und jämmerlich schrie, einer armen alten Frau mit einem Kind nicht beistehen zu können, die unten auf einer Türschwelle saß. Man sah es deutlich: Ihre Pein war, sich umsonst bestreben zu müssen, den Menschen Gutes zu tun und die Macht dazu auf immer verloren zu haben.

Ob diese Wesen in dem Nebel zergingen oder ob sie der Nebel einhüllte, wusste er nicht zu sagen. Aber sie und ihre Gespensterstimmen vergingen gleichzeitig, und die Nacht wurde wieder so, wie sie auf seinem Nachhauseweg gewesen war.

Scrooge schloss das Fenster und untersuchte die Tür, durch die das Gespenst eingetreten war. Sie war noch verschlossen und verriegelt wie vorher. Er versuchte, zu sagen: „Dummes Zeug", blieb aber bei der ersten Silbe stecken, und da er von der inneren Bewegung, den Anstrengungen des Tages, seinem Einblick in die unsichtbare Welt, der Unterhaltung mit dem Gespenst oder der späten Stunde sehr erschöpft war, ging er sogleich ins Bett, ohne sich auszuziehen, und sank sofort in Schlaf.

Zweite Strophe

Der erste Geist

Als Scrooge wieder erwachte, war es so finster, dass er das Fenster kaum von den Wänden seines Zimmers unterscheiden konnte. Er bemühte sich, die Finsternis mit seinen Katzenaugen zu durchdringen, als die Glocke eines Turmes in der Nachbarschaft mit vier Viertelschlägen die volle Stunde ankündigte. Er lauschte, um die Stundenschläge zu hören.

Zu seinem großen Erstaunen schlug die Glocke fort, von sechs zu sieben, von sieben zu acht und so weiter bis zwölf; dann schwieg sie.

Zwölf! Es war zwei vorüber gewesen, als er sich zu Bett gelegt hatte. Das Uhrwerk musste falsch gehen.

Ein Eiszapfen musste zwischen die Räder gekommen sein. Zwölf!

Er drückte an die Feder seiner Repetieruhr, um die verrückte Glocke zu kontrollieren. Ihr kleiner, lebhafter Puls schlug zwölf und schwieg.

„Was! Das ist doch nicht möglich", sagte Scrooge. „Ich soll den ganzen Tag und bis tief in die andere Nacht hinein geschlafen haben? Es kann doch nicht sein, dass der Sonne etwas passiert ist und es mittags um zwölf ist?"

Mit diesen unruhigen Gedanken beschäftigt, stieg er aus dem Bett und tappte nach dem Fenster. Er musste das Eis erst weg-kratzen und das Fenster mit dem Ärmel seines Schlafrocks ab-wischen, ehe er etwas sehen konnte; und auch danach konnte er nur sehr wenig sehen. Alles, was er bemerkte, war, dass es noch sehr neblig und sehr kalt war und dass man nicht den Lärm hin- und hereilender Leute hörte, was doch gewiss vernehmbar ge-wesen wäre, wenn Nacht plötzlich den hellen Tag vertrieben und von der Welt Besitz genommen hätte. Das war ein großer Trost, weil Bedingungen wie „Drei Tage nach Sicht bezahlen Sie diesen Primawechsel an Mr. Ebenezer Scrooge oder dessen Or-der" und so weiter bloße Vereinigte-Staaten-Sicherheiten wären, wenn es keine Tage mehr gab, um danach zu zählen.

Scrooge legte sich wieder ins Bett und dachte darüber nach, konnte aber zu keinem Schluss kommen. Je mehr er nachdach-te, desto verwirrter wurde er, und je mehr er sich bemühte, nicht nachzudenken, desto mehr dachte er nach. Marleys Geist machte ihm viel zu schaffen. Immer, wenn er nach reiflicher Überlegung zu dem festen Entschluss gekommen war, das Gan-ze nur für einen Traum zu halten, flog sein Geist wie eine starke, vom Druck befreite Feder wieder in die alte Lage zurück und legte ihm erneut dieselbe Frage vor, die er schon zehnmal überlegt hatte: „War es ein Traum oder nicht?"

Scrooge blieb in diesem Zustand liegen, bis es wieder drei Viertel schlug. Da besann er sich plötzlich, dass der Geist ihm eine Erscheinung mit dem Schlag eins versprochen hatte. So beschloss er, wach zu bleiben, bis die Stunde vorüber sei, und wenn man bedenkt, dass er ebenso wenig schlafen wie in den Himmel kommen konnte, war dies gewiss der klügste Entschluss, den er fassen konnte.

Die Viertelstunde war so lang, dass es ihm mehr als einmal vorkam, er müsse unversehens in Schlaf gefallen sein und die Uhr überhört haben. Endlich vernahm sein lauschendes Ohr die Glocke.

„Bim, bam!"

„Ein Viertel", sagte Scrooge zählend.

„Bim, bam!"

„Halb", sagte Scrooge.

»Bim, bam!«

»Drei Viertel«, sagte Scrooge.

»Bim, bam!«

»Voll!", rief Scrooge freudig. »Und weiter nichts!«

Er sprach das, ehe die Stundenglocke schlug, was sie jetzt mit einem tiefen, hohlen, melancholischen Klang tat. In demselben Augenblick wurde es hell im Zimmer, und die Vorhänge seines Bettes wurden geöffnet.

Ich sage euch, die Vorhänge seines Bettes wurden von einer Hand weggezogen, und sich aufrichtend blickte Scrooge dem unirdischen Gast, der sie geöffnet hatte, ins Gesicht. So dicht stand er ihm gegenüber, wie ich jetzt im Geist neben euch stehe.

Es war eine sonderbare Gestalt, gleich einem Kind, aber doch eigentlich nicht gleich einem Kind, sondern mehr wie ein Greis, der durch einen wunderbaren Zauber erschien, als sei er dem Auge entrückt und auf diese Weise so klein geworden wie ein Kind. Sein Haar, das in langen Locken auf seine Schultern herabwallte, war weiß wie vom Alter, und dennoch hatte das Gesicht keine einzige Runzel, und um das Kinn bemerkte man den zartesten Flaum. Die Arme waren lang und muskulös, die Hände ebenso, als läge in ihnen eine ungeheure Kraft. Seine Füße, zart und fein geformt, waren entblößt, gleich den Armen. Der Geist trug einen Talar vom reinsten Weiß; um seinen Leib schlang sich ein Gürtel von wunderbarem Glanz. Er hielt einen frisch-grünen Stechpalmenzweig in der Hand; aber in seltsamem Widerspruch mit diesem Zeichen des Winters war das Kleid mit Sommerblumen verziert.

Das Wunderbarste aber war, dass von seinem Scheitel ein heller Lichtstrahl in die Höhe schoss, der alles ringsum erleuchtete, und der gewiss die Ursache war, dass der Geist bei weniger guter Laune einen großen Löschhut, den er jetzt unter dem Arm trug, als Mütze aufsetzte.

Aber selbst dies war nicht seine seltsamste Eigenschaft. Denn wie der Gürtel des Geistes bald an dieser Stelle glänzte und funkelte und bald an jener, und wie das, was im Augenblick hell gewesen war, plötzlich dunkel wurde, so verwandelte sich auch die Gestalt selbst, man wusste nicht wie: Bald war es ein Ding mit einem Arm, bald mit einem Bein, bald mit zwanzig Beinen, bald sah man nur zwei Füße ohne Kopf, bald einen Kopf ohne Leib; und wie einer dieser Teile verschwand, blieb keine Spur von ihm in dem dichten Dunkel zurück, das ihn verschlang. Und das größte Wunder dabei war: Die Gestalt blieb immer dieselbe.

»Sind Sie der Geist, dessen Erscheinung mir vorhergesagt wurde?", fragte Scrooge.

»Ich bin es.«

Die Stimme war sanft und wohlklingend und so leise, als käme sie nicht aus dichtester Nähe, sondern aus einiger Entfernung.

»Wer und was sind Sie?", fragte Scrooge, schon etwas mehr Mut fassend.

»Ich bin der Geist der vergangenen Weihnacht.«

»Einer lange vergangenen?", fragte Scrooge, seiner zwerghaften Gestalt gedenkend.

»Nein, einer deiner vergangenen.«

Vielleicht hätte Scrooge, wenn ihn jemand befragt hätte, nicht sagen können, warum, aber doch fühlte er ein ganz besonderes Verlangen, den Geist unter seinem Hut zu sehen; und er bat ihn, sich zu bedecken.

»Was?", rief der Geist. »Willst du so bald mit irdisch gesinnter Hand das Licht, das ich spende, verlöschen? Ist es nicht genug, dass du einer von denen bist, deren Leidenschaften diese Mütze geschaffen haben und mich zwingen, durch lange, lange Jahre meine Stirn damit zu verhüllen?«

Scrooge entschuldigte sich ehrfurchtsvoll, er habe nicht die Absicht gehabt, ihn zu beleidigen, und behauptete, nicht zu wissen, dass er jemals in seinem Leben dem Geist Ursache gegeben habe, sich zu bedecken. Dann war er so frei, zu fragen, was ihn hierher führe.

»Dein Wohl«, sagte der Geist.

Scrooge drückte ihm seine Dankbarkeit aus, konnte sich aber doch nicht des Gedankens erwehren, dass ihm eine Nacht ungestörten Schlafes mehr genützt hätte. Der Geist musste ihn haben denken hören, denn er sagte sogleich:

»Deine Besserung. Nimm dich in Acht!«

Er streckte seine starke Hand aus, als er dies sprach, und ergriff sanft seinen Arm.

»Steh auf und folge mir.«

Vergebens würde Scrooge eingewendet haben, Wetter und Stunde seien schlecht geeignet zum Spazierengehen, das Bett sei warm und das Thermometer ein gutes Stück unter dem Gefrierpunkt, er sei nur leicht in Pantoffeln, Schlafrock und Nachtmütze gekleidet und habe gerade jetzt den Schnupfen. Dem Griff, war er auch sanft wie der einer Frauenhand, war nicht zu widerstehen. Er stand auf; aber als er sah, dass der Geist nach dem Fenster schwebte, fasste er ihn flehend bei dem Gewand.

»Ich bin ein Sterblicher«, sagte Scrooge, »und könnte fallen.«

»Lass meine Hand dich hier berühren«, sagte der Geist, indem er die Hand auf das Herz legte, »und du wirst größere Gefahren überwinden als diese hier.«

Als er diese Worte gesprochen hatte, drangen die beiden durch die Wand und standen plötzlich im Freien auf der Landstraße, rings von Feldern umgeben. Die Stadt war ganz verschwunden. Keine Spur war mehr davon. Die Dunkelheit und der Nebel waren mit ihr verschwunden, denn es war jetzt ein klarer, kalter Wintertag, und der Boden war mit weißem, reinem Schnee bedeckt.

»Gütiger Himmel!", rief Scrooge, die Hände faltend, als er um sich blickte. »Hier wurde ich geboren. Hier lebte ich als Knabe.«

Der Geist schaute ihn mit milden Blicken an. Seine sanfte Berührung, obgleich sie nur leise und flüchtig gewesen war, bebte immer noch nach in dem Herzen des alten Mannes. Er fühlte, wie tausend Düfte die Luft durchwehten, jeder mit tausend Gedanken, Hoffnungen, Freuden und Sorgen verbunden, die lange, lange vergessen waren.

»Deine Lippen zittern«, sagte der Geist. »Und was glänzt auf deiner Wange?«

Scrooge murmelte mit einem ungewöhnlichen Mollton in der Stimme, es sei ein Wärzchen, und bat den Geist, ihn zu führen, wohin er wolle.

»Erinnerst du dich des Weges?", fragte der Geist.

»Ob ich mich seiner erinnere?", rief Scrooge mit Innigkeit. »Blindlings könnte ich ihn gehen!«

»Seltsam, dass du ihn so viele Jahre hindurch vergessen hast«, sagte der Geist. »Komm!«

Sie schritten den Weg entlang. Scrooge erkannte jedes Tor, jeden Pfahl, jeden Baum wieder, bis ein kleiner Marktflecken in der Ferne mit seiner Kirche, seiner Brücke und dem hellen Fluss erschien. Jetzt kamen einige Knaben, auf zottigen Ponys reitend, auf sie zu, die anderen Knaben in ländlichen Wagen laut zuriefen. Alle waren gar fröhlich und laut, bis die weiten Felder so voll heiterer Musik waren, dass die kalte, sonnige Luft lachte, sie zu hören.

»Dies sind nur Schatten der Dinge, die da gewesen sind«, meinte der Geist, »sie wissen nichts von uns.«

Die fröhlichen Reisenden kamen näher, und Scrooge erkannte sie jetzt alle und konnte sie alle beim Namen nennen. Warum freute er sich über alle Maßen, sie zu sehen? Warum wurde sein kaltes Auge feucht? Warum frohlockte sein Herz, als sie vorübereilten? Warum wurde sein Herz weich, als sie an den Kreuzwegen voneinander schieden und einander fröhliche Weihnachten wünschten?

Was gingen denn Scrooge fröhliche Weihnachten an? Der Henker hole die fröhlichen Weihnachten! Welchen Nutzen hatte er wohl jemals davon gehabt?

»Die Schule ist nicht ganz verlassen«, nahm der Geist wieder das Wort. »Ein Kind, eine verlasse Waise, sitzt noch einsam dort.«

Scrooge sagte, er wisse es. Und er schluchzte.

Sie verließen nunmehr die Heerstraße auf einem wohlbekannten Feldweg und erreichten bald ein Haus aus dunkelroten Backsteinen mit einem kleinen Türmchen auf dem Dach und einer Glocke darin. Es war ein großes Haus, aber jetzt vernachlässigt und ziemlich verwahrlost, weil die geräumigen Gemächer wenig genutzt wurden, die Wände feucht und grün, die Fenster zerbrochen, die Türen morsch und halb zerfallen. Hühner gluckten und scharrten in den Ställen, und der Wagenschuppen war mit Gras überwachsen. Auch im Innern war nichts übrig geblieben von seiner alten Pracht, denn als sie in den verödeten Hausflur eintraten und durch die offenen Türen in die vielen Zimmer blickten, sahen sie nur ärmlich ausgestattete, kalte, große Räume. Ein erdiger, moderiger Geruch lag in der Luft, eine frostige Unbehaglichkeit von allzu häufigem Aufstehen bei Kerzenlicht und nicht allzu reichlichem Essen.

Der Geist ging mit Scrooge über den Hausflur zu einer Tür auf der Rückseite des Hauses. Sie öffnete sich vor ihnen und zeigte ihnen einen langen, kahlen, unbehaglichen Saal, den Reihen von einfachen hölzernen Bänken noch kahler und unbehaglicher machten.

Auf einer davon saß einsam ein Knabe neben einem schwachen Feuer und las; und Scrooge setzte sich auf eine Bank nieder und weinte, als er sein eigenes, vergessenes Selbst sah, wie es in früheren Jahren war.

Kein dumpfer Widerhall in dem Haus, kein Rascheln der Mäuse hinter dem Getäfel, kein Getröpfel des Halbgefrorenen Brunnentrogs hinten im Hof, kein Seufzer in den blattlosen Zweigen

40

einer verlassen trauernden Pappel, nicht das Knarren der vom Wind hin- und herbewegten Tür des Vorratshauses im Hof, selbst nicht das Knistern des Feuers war für Scrooge verloren. Alles fiel auf sein Herz wie erweichende Töne und löste seine Tränen.

Der Geist berührte seinen Arm und wies auf sein jüngeres, in ein Buch vertieftes Abbild. Plötzlich stand draußen vor dem Fenster ein Mann in fremdartiger Tracht, mit einer Axt im Gürtel und einem mit Holz beladenen Esel am Zaume führend.

»Was! Das ist ja Ali Baba!", rief Scrooge voller Freude aus. »Es ist der alte, liebe, ehrliche Ali Baba. Ja, ja, ich weiß es noch. Einst zur Weihnachtszeit geschah es, dass dieser verlassene Knabe ganz allein hier saß, und er zum ersten Mal wirklich kam, gerade wie er dort steht. Der arme Junge! Und Valentin«, fuhr Scrooge fort, »und auch sein wilder Bruder Orson, dort gehen sie! Und wie heißt doch der, der mitten im Schlaf vor das Tor von Damaskus gesetzt wurde? Siehst du ihn nicht? Und der Stallmeister des Sultans, der von den bösen Geistern auf den Kopf gestellt wurde, dort ist er ja auch! Ha, ha, es geschieht ihm schon recht! Wer hieß es ihn auch, die Prinzessin heiraten zu wollen!«

Scrooge mit vollem Ernst über solche Gegenstände reden zu hören und mit einer zwischen Lachen und Weinen schwanken-den Stimme, dann auch sein vor Freude aufgeregtes Gesicht zu sehen: Das wäre für seine Geschäftsfreunde in der City gewiss eine große Überraschung gewesen.

»Da ist ja auch der Papagei«, rief Scrooge, »der mit grünem Leib und gelbem Schwanz, da ist er! Der arme Robinson, er rief ihn, als er von seiner Inselumsegelung wieder nach Hause kam: ›Robinson Crusoe, wo bist du gewesen?‹ Er glaubte, er träume, aber das war der Papagei. Ha, dort läuft Freitag in der kleinen Bucht. Es gilt das Leben. Hallo, hob, hallo!«

Dann sagte er mit einem schnellen Wechsel der Gefühle, der seinem gewöhnlichen Charakter sehr fremd war: »Der arme Knabe!«, und er weinte wieder. Dann wischte er sich mit dem Ärmelaufschlag die Augen, steckte die Hand in die Tasche und murmelte: »Ich wünschte – aber es ist jetzt zu spät.«

»Was willst du?«, fragte der Geist.

»Nichts«, sagte Scrooge, »nichts. Gestern Abend sang ein Knabe ein Weihnachtslied vor meiner Tür. Ich wünschte, ich hätte ihm etwas gegeben, weiter war es nichts.«

Der Geist lächelte gedankenvoll und winkte mit der Hand. Dann sagte er: »Lass uns ein anderes Weihnachtsfest sehen.«

Scrooges früheres Selbst wurde bei diesen Worten größer, und das Zimmer etwas finsterer und schwärzer. Das Getäfel warf sich, die Fensterscheiben sprangen, Stücke des Kalkbewurfs fielen von der Decke, und das bloße Lattenwerk zeigte sich: Aber wie das alles geschah, wusste Scrooge ebenso wenig wie ihr. Er wusste nur, dass alles stimmte und sich ganz so zugetragen habe, und dass er's nun wieder sei, der dort allein sitze, während die anderen Knaben nach Hause gereist waren zur fröhlichen Weihnachtsfeier.

Er las nicht, sondern ging wie in Verzweiflung im Zimmer auf und ab. Scrooge blickte den Geist an und schaute mit einem traurigen Kopfschütteln und in banger Erwartung nach der Tür.

Da ging sie auf, und ein kleines Mädchen, viel jünger als der Knabe, sprang herein, schlang die Arme um seinen Hals, küsste ihn und begrüßte ihn als ihren »lieben, lieben Bruder«.

»Ich komme, um dich mit nach Hause zu nehmen, lieber Bruder!«, sagte das Kind, fröhlich mit den Händen klatschend. »Dich mit nach Hause zu nehmen, nach Hause, nach Hause!«

»Nach Hause, liebe Fanny?«, fragte der Knabe.

»Ja!«, antwortete die Kleine in überströmender Freude. »Nach Hause und für immer! Der Vater ist so viel freundlicher als sonst, dass es bei uns wie im Himmel ist. Eines Abends, als ich zu Bett ging, sprach er so freundlich mit mir, dass ich mir ein Herz fasste und ihn fragte, ob du nicht nach Hause kommen dürftest – und er sagte ja, und schickte mich im Wagen her, um dich zu holen. Und du sollst jetzt dein freier Herr sein«, sagte das Kind und blickte ihn bewundernd an, »und nicht mehr hierher zurückkehren; aber erst sollen wir alle zusammen das Weihnachtsfest feiern und recht lustig sein.«

»Du bist ja eine ordentliche Dame geworden, Fanny!«, rief der Knabe aus.

Sie klatschte in die Hände und lachte und versuchte, bis an seinen Kopf zu reichen; aber sie war zu klein und lachte wieder, stellte sich auf die Zehen, um ihn zu umarmen. Dann zog sie ihn in kindlicher Ungeduld zur Tür, und er begleitete sie mit leichtem Herzen.

Eine schreckliche Stimme im Hausflur rief: »Bringt Master Scrooges Koffer herunter!« Es war der Lehrer selbst, der Master Scrooge mit brutal hochnäsiger Herablassung anstarrte und ihn in großen Schrecken versetzte, als er ihm die Hand drückte. Dann führte er ihn und seine Schwester in ein feuchtes, fröstelnerregendes Empfangszimmer, an dessen Wänden Landkarten hingen und in dessen Fenster die Erd- und Himmelsgloben vor Kälte glänzten. Hier brachte er eine Flasche merkwürdig leichten Wein und ein Stück merkwürdig schweren Kuchen herbei und regalierte die Kinder sparsam mit diesen auserlesenen Leckerbissen. Auch schickte er eine hungrig aussehende Magd hinaus, um dem Postillion ein Gläschen anzubieten, wofür dieser aber mit den Worten dankte, wenn es aus demselben Fass wie das vorige sei, möchte er lieber nicht kosten. Während dieser Zeit war Master Scrooges Koffer auf den Wagen gebunden worden, und die Kinder nahmen ohne Rührung von dem Schulmeister Abschied, setzten sich in den Wagen und fuhren so schnell zum Garten hinaus, dass der Reif und der Schnee wie Schaum von den immergrünen Gebüschen hinwegstob.

»Sie war immer ein zartes Wesen, das von einem Hauch hätte verwelken können«, sagte der Geist. »Aber sie hatte ein großes Herz.«

»Ja, das hatte sie«, rief Scrooge. »Ich will nicht widersprechen, Geist. Gott verhüte es.«

»Sie starb als Frau«, sagte der Geist, »und hatte Kinder, glaube ich.«

»Ein Kind«, antwortete Scrooge.

»Ja«, sagte der Geist. »Dein Neffe.«

Scrooge schien unruhig zu werden und antwortete kurz: »Ja.«

Obgleich sie die Schule kaum einen Augenblick hinter sich gelassen hatten, befanden sie sich doch plötzlich mitten in den lebendigsten Straßen der Stadt, wo schattenhafte Fußgänger vorüberginge, wo gespenstige Wagen und Kutschen um Platz stritten und wo das ganze wirre Leben einer wirklichen Stadt herrschte. Am Aufputz der Läden sah man, dass auch hier Weihnachten war; aber es war Abend, und die Straßenlaternen brannten.

Der Geist blieb vor dem Eingang eines Lagerhauses stehen und fragte Scrooge, ob er dies kenne.

»Ob ich es kenne?", sagte Scrooge. »Habe ich hier nicht gelernt?«

Sie traten ein. Beim Anblick eines alten Herrn in einer Stutzperücke, der hinter einem so hohen Pult saß, dass er mit dem Kopf hätte an die Decke stoßen müssen, wäre er zwei Zoll größer gewesen, rief Scrooge in großer Aufregung: »Ha, das ist ja der alte Fezziwig! Gott segne ihn, es ist Fezziwig, wie er leibt und lebt!«

Der alte Fezziwig legte seine Feder hin und sah hinauf nach der Uhr, deren Zeiger auf sieben stand. Er rieb die Hände, zog seine geräumige Weste herunter, schüttelte sich vor heimlichem Lachen von Kopf bis Fuß und rief mit einer behäbigen, voll und doch mild tönenden, heiteren Stimme: »Hallo, dort! Ebenezer! Dick!«

Scrooges früheres Selbst, jetzt zu einem Jüngling geworden, trat flink herein, begleitet von seinem Mitlehrling.

»Dick Wilkins, wahrhaftig!", sagte Scrooge zu dem Geist. »Wahrhaftig, er ist es. Er war mir sehr zugetan, der Dick. Der arme Dick! Du meine Güte!«

»Hallo, meine Burschen«, rief Fezziwig. »Feierabend heute! Weihnachten, Dick! Weihnachten, Ebenezer! Macht die Läden zu, schnell! Ehe einer Jack Robinson sagen kann.« So rief der alte Fezziwig, munter die Hände zusammenschlagend.

Kaum zu glauben, wie rasch und munter die beiden Jungen darangingen. Sie liefen mit den Läden hinaus – eins, zwei, drei – hatten sie eingesetzt – vier, fünf, sechs – sie zugeriegelt und zugeschraubt – sieben, acht, neun – und kamen zurück, ehe man zwölf sagen konnte, außer Atem wie Rennpferde.

„Hussahoh!", rief der alte Fezziwig, mit wunderbarer Geschicklichkeit von seinem hohen Sessel herunterspringend. „Aufräumen, Jungens, und macht viel Platz! Hussahoh, Dick! Hallo, Ebenezer!"

Aufräumen! Es gab nichts, was sie nicht wegräumen wollten oder wegräumen konnten, wenn der alte Fezziwig zusah. Es war in einer Minute geschehen. Alles, was nicht niet- und nagelfest war, wurde in die Winkel geschoben, als sei es für immer aus dem öffentlichen Dienst entlassen; der Flur wurde gekehrt und gesprengt, die Lampen geputzt, Kohlen auf das Feuer geschüttet, und der Laden war so behaglich, so warm und hell wie ein Ballsaal – so, wie man es nur an einem Winterabend verlangen konnte.

Jetzt trat ein Fiedler mit einem Notenbuch herein. Er kletterte auf Fezziwigs hohen Stuhl, machte ihn zum Orchester und begann zu stimmen, als hätte er fünfzigfaches Bauchweh. Dann kam Mrs. Fezziwig, ein einziges behagliches Lächeln. Dann kamen die drei Miss Fezziwig, freudestrahlend und liebenswürdig. Dann kamen die sechs Jünglinge, deren Herzen sie brachen. Dann kamen die Burschen und Mädchen, die im Haus einen Dienst hatten: das Hausmädchen mit ihrem Vetter, dem Bäcker, die Köchin mit ihres Bruders vertrautem Freund, dem Milchmann. Dann kam der Bursche von gegenüber, von dem man sagte, er habe bei seinem Herrn knappe Kost; er versuchte, sich hinter dem Mädchen aus dem Nachbarhaus zu verstecken, der man nachwies, sie sei von ihrer Herrschaft an den Ohren gezogen worden.

Sie kamen alle, einer nach dem andern; einige schüchtern, andere keck, einige mit Geschick, andere mit Ungeschick, die zerrend und jene stoßend. Dann ging es los: zwanzig Paare auf einmal, eine halbe Runde hin und zurück, dann die Mitte des Zimmers hinauf und wieder herab, dann in zärtlichen Gruppen sich drehend: das alte erste Paar immer an der falschen Stelle, das nächste erste Paar immer zur falschen Zeit, bis alle Paare erste waren und kein einziges mehr das letzte. Als sie so weit gekommen waren, klatschte der alte Fezziwig zum Zeichen, dass der Tanz aus sei, in die Hände und rief: „Bravo!", und der Fiedler senkte sein glühendes Gesicht in einen Krug Porter, der besonders zu diesem Zweck neben ihm stand. Aber kaum war er wieder heraus, da begann er, obwohl noch keine Tänzer dastanden, erneut aufzuspielen, als sei der alte Fiedler erschöpft nach Hause getragen worden und er ein ganz frischer, entschlossen, den alten vergessen zu machen oder zu sterben.

Dann folgten noch mehrere Tänze und Pfänderspiele und wieder Tänze. Dann kam Kuchen und Negus und ein großes Stück kalter Braten, und dann ein großes Stück kaltes Siedfleisch und Fleischpasteten und viel Bier. Aber der Glanzpunkt des Abends kam nach dem Siedfleisch, als der Fiedler (ein heller Kopf, er kannte sein Geschäft besser, als ihr oder ich es hätte lehren können) den Großvatertanz „Sir Roger de Coverley" zu spielen begann. Da trat der alte Fezziwig mit Mrs. Fezziwig an, und zwar als das erste Paar. Sie hatten ein gutes Stück Arbeit vor sich, drei- oder vierundzwanzig Partner, Leute, mit denen nicht zu spaßen war, Leute, die tanzen wollten und keine Lust hatten, zu spazieren.

Aber selbst wenn es zweimal, ja viermal so viele gewesen wären, hätte es der alte Fezziwig mit ihnen aufgenommen und auch Mrs. Fezziwig. Sie war im vollen Sinn des Wortes würdig, seine Tänzerin zu sein. Wenn das kein großes Lob ist, so sagt mir ein größeres, und ich will es aussprechen. Von Fezziwigs Waden schien ein eigener Glanz auszugehen. Sie leuchteten in jedem Teil des Tanzes wie ein Paar Monde. Ihr hättet zu keiner Minute voraussagen können, was aus ihnen in der nächsten wird. Und als der alte Fezziwig und Mrs. Fezziwig alle Touren des Tanzes durchgemacht hatten, sprang Fezziwig so geschickt, als zwinkere er mit den Beinen, und kam, ohne zu wanken, wieder auf die Füße.

Mit dem Glockenschlag elf war dieser häusliche Ball zu Ende. Mr. und Mrs. Fezziwig stellten sich zu beiden Seiten der Tür auf, schüttelten jedem einzelnen der Gäste die Hand zum Abschied und wünschten ihm oder ihr fröhliche Weihnachten.

Als alle, außer den zwei Lehrlingen, fort waren, wünschten sie diesen dasselbe. So verklangen die heiteren Stimmen, und die Burschen gingen in ihr Bett, das sich unter einem Ladentisch hinten im Lagerraum befand.

Während dieser ganzen Zeit hatte sich Scrooge wie ein Verrückter benommen. Sein Herz und seine Seele waren bei dem Ball und seinem früheren Selbst. Er bestätigte alles, erinnerte sich an alles, freute sich über alles und befand sich in der seltsamsten Aufregung. Nicht eher als bis die fröhlichen Gesichter seines früheren Selbst und das Antlitz Dicks verschwunden waren, dachte er daran, dass der Geist neben ihm stand und ihn ansah, während das Licht auf seinem Haupt in voller Klarheit brannte.

„Eine Kleinigkeit war doch", meinte der Geist, „diesen närrischen Leuten solche Dankbarkeit einzuflößen."

„Eine Kleinigkeit!" gab Scrooge zurück.

Der Geist bedeutete ihm, den beiden Lehrlingen zuzuhören, die sich gegenseitig mit Lobpreisungen Fezziwigs überboten. Und als Scrooge das getan hatte, sprach der Geist: „Nun, ist es nicht so? Er hat nur ein paar Pfund irdischen Mammons hingegeben; vielleicht drei oder vier. Ist das so der Rede wert, dass er solches Lob verdient?"

„Das ists nicht", sagte Scrooge, von dieser Bemerkung gereizt und wie sein früheres, nicht wie sein jetziges Selbst sprechend. „Das ist's nicht, Geist. Er hat die Macht, uns glücklich oder unglücklich zu machen, unseren Dienst zu einer Lust oder zu einer Bürde, zu einer Freude oder zu einer Qual. Du magst sagen, seine Macht liege in Worten und Blicken, in so unbedeutenden und kleinen Dingen, dass es unmöglich ist, sie zu zählen: was schadet das? Das Glück, das er bereitet, ist so groß, als wenn es sein ganzes Vermögen kostete."

Er fühlte des Geistes Blick und schwieg.

„Was gibts?", fragte der Geist.

„Nichts, nichts", sagte Scrooge.

„Aber doch etwas, nicht wahr?" drängte der Geist.

„Nein", sagte Scrooge, „Nein. Ich möchte nur eben jetzt ein

paar Worte mit meinem Kommis sprechen. Das ist alles."

Sein früheres Selbst löschte gerade die Lampen aus, als er diesen Wunsch aussprach, und Scrooge und der Geist standen wieder im Freien.

„Meine Zeit geht zu Ende", sagte der Geist. „Schnell!"

Dieses letzte Wort war nicht zu Scrooge oder zu jemandem gesprochen, den er sehen konnte, aber es wirkte sofort. Denn wieder sah Scrooge sich selbst. Er war jetzt älter geworden – ein Mann in der Blüte seiner Jahre. Sein Gesicht hatte noch nicht die schroffen, rauen Züge seiner späteren Jahre, aber schon begann es, Anzeichen von Sorge und Geiz anzunehmen. In seinem Auge brannte ein ruheloses, habsüchtiges Feuer, das Zeugnis von der Leidenschaft ablegte, die dort Wurzeln geschlagen hatte, und zeigte, wohin der Schatten des wachsenden Baumes fallen würde.

Er war nicht allein, sondern saß neben einem schönen, jungen Mädchen in Trauerkleidern. In ihren Augen standen Tränen, die in dem Licht glänzten, das von dem Geist vergangener Weihnachten ausströmte.

»Es ist ohne Bedeutung«, sagte sie sanft, »und für Sie von gar keiner. Ein anderes Götzenbild hat mich verdrängt, und wenn es Sie in späterer Zeit trösten und aufrecht erhalten kann, wie ich es versucht hätte, so habe ich keine Ursache zu klagen.«

»Welches Götzenbild hätte Sie verdrängt?« erwiderte er.

»Ein goldenes.«

»Dies ist die Gerechtigkeit der Welt!", sagte er. »Gegen nichts ist sie so hart wie gegen die Armut, und nichts tadelt sie unnachsichtiger als das Streben nach Reichtum.«

»Sie fürchten das Urteil der Welt zu sehr«, antwortete sie sanft. »Alle Ihre anderen Hoffnungen sind in der einen aufgegangen, vor diesem engherzigen Vorwurf gesichert zu sein. Ich habe Ihre edleren Bestrebungen eine nach der anderen verschwinden sehen, bis Sie ganz die eine Leidenschaft, die Gier nach Gold, erfüllte. Ist es nicht so?«

»Und wenn es so wäre?«, antwortete er. »Wenn ich so viel klüger geworden wäre, was dann? Gegen Sie bin ich nie anders geworden.«

Sie schüttelte den Kopf.

»Bin ich anders?«

»Unser Bund ist alt. Er wurde geschlossen, als wir beide arm und zufrieden waren, unser Los durch ausdauernden Fleiß verbessern zu können. Sie haben sich aber verändert! Damals, als er geschlossen wurde, waren Sie ein anderer Mensch.«

»Ich war ein Knabe«, sagte er ungeduldig.

»Ihr eigenes Gefühl sagt Ihnen, dass Sie nicht so waren, wie Sie jetzt sind«, antwortete sie. »Ich bin noch dieselbe. Das, was uns Glück versprach, als wir noch ein Herz und eine Seele waren, muss uns Unglück bringen, da wir im Geiste nicht mehr eins sind. Wie oft ich und wie bitter dies gefühlt habe, will ich nicht sagen; es ist genug, dass ich es gefühlt habe und dass ich Ihnen Ihr Wort zurückgeben kann.«

»Habe ich dies jemals verlangt?«

»In Worten? Nein. Niemals.«

»Wie dann?«

»Durch ein verändertes Wesen, durch einen anderen Sinn, durch andere Bestrebungen im Leben und durch andere Hoffnungen – in allem, was meiner Liebe in Ihren Augen Wert gab. Wenn alles Frühere nicht zwischen uns geschehen wäre«, sagte das Mädchen, ihn mit sanftem, aber festem Blick ansehend, »würden Sie mich jetzt aufsuchen und um mich werben? Gewiss nicht!«

Er schien die Wahrheit ihrer Worte wider seinen Willen zuzugeben. Aber er tat seinen Gefühlen Gewalt an und sagte: »Sie glauben nicht?«

»Gern glaubte ich es, wenn ich könnte«, sagte sie, »Gott weiß es. Wenn ich eine Wahrheit wie diese erkannt habe, weiß ich, wie unwiderstehlich sie sein muss. Aber soll ich glauben, dass Sie ein armes Mädchen wählen würden, wenn Sie heute oder morgen oder gestern frei wären, Sie, der selbst in den vertrautesten Stunden alles nach dem Gewinn misst? Oder soll ich mir verhehlen, dass Sie gewiss einst sich getäuscht und bittere Reue fühlen würden, weil Sie für einen Augenblick Ihrem einzigen leitenden Grundsatz untreu werden? Nein, und deswegen gebe ich Ihnen Ihr Wort zurück: willig und um der Liebe dessen willen, der Sie einst waren.«

Er wollte sprechen, aber mit abgewendetem Gesicht fuhr sie fort:

»Vielleicht – der Gedanke an die Vergangenheit lässt es mich fast hoffen – wird es Sie schmerzen. Eine kurze, sehr kurze Zeit, und Sie werden dann die Erinnerung daran fallenlassen wie die Gedanken an einen nichtigen Traum, aus dem zu erwachen ein Glück für Sie war. Möge Sie alles Glück auf dem gewählten Lebensweg begleiten!«

Sie schieden.

»Geist«, sagte Scrooge, »zeig mir nichts mehr, führ mich nach Hause. Warum erfreust du dich daran, mich zu quälen?«

»Noch einen Schatten«, rief der Geist aus.

»Nein«, rief Scrooge. »Nein. Ich mag nichts mehr sehen. Zeig mir nichts mehr.«

Aber der erbarmungslose Geist hielt ihn mit beiden Händen

fest und zwang ihn, zu betrachten, was als Nächstes geschah.

Sie befanden sich an einem anderen Ort, in einem Zimmer, nicht sehr groß oder schön, aber voller Behaglichkeit. Neben dem Kamin saß ein schönes junges Mädchen, das der, die Scrooge soeben gesehen hatte, so ähnlich war, dass er glaubte, es sei dieselbe, bis er diese, jetzt eine stattliche Matrone, der Tochter gegenüber sitzen sah. In dem Zimmer war ein wahrer Aufruhr, denn es befanden sich mehr Kinder darin, als Scrooge in seiner Aufregung zählen konnte; und hier betrugen sich nicht vierzig Kinder wie eins, sondern jedes Kind wie vierzig. Die Folge davon war ein Lärm sondergleichen; aber niemand schien sich darüber aufzuregen. Im Gegenteil: Mutter und Tochter lachten herzlich und freuten sich darüber, und die Letztere, die sich bald in die Spiele mischte, wurde von den kleinen Schelmen gar grausam mitgenommen.

Was hätte ich darum gegeben, eines dieser Kinder zu sein, obgleich ich nie so ungezogen gewesen wäre! Nein, nein! Für alle Schätze der Welt hätte ich nicht diese Locken zerdrückt und zerwühlt; und diesen lieben kleinen Schuh hätte ich nicht entwendet, selbst um mein Leben zu retten. Im Scherz ihre Taille zu messen, wie die dreiste junge Brut tat, hätte ich nicht gewagt, aus Furcht, mein Arm würde zur Strafe krumm und nie wieder gerade wachsen. Und doch, wie gern, ich gestehe es, hätte ich ihre Lippen berührt; wie gern sie ausgefragt, damit sie sich geöffnet hätten; wie gern hätte ich die Wimpern dieser niedergeschlagenen Augen betrachtet, ohne ein Erröten hervorzurufen; wie gern dieses wogende Haar gelöst, von dem eine einzige Locke ein unschätzbares Andenken gewesen wäre: Kurz, wie gern hätte ich das kleinste Vorrecht eines dieser Kinder gehabt, mit der Bedingung, Manns genug zu bleiben, um seinen Wert zu fühlen.

Aber jetzt wurde ein Klopfen an der Tür laut, was einen so allgemeinen Ansturm hervorrief, dass sie mit lachendem Gesicht und zerknülltem Kleid in der Mitte eines lärmenden Haufens nach der Tür gedrängt wurde, dem Vater entgegen, der nach Hause kam in Begleitung eines mit Weihnachtsgeschenken beladenen Mannes. Aber nun das Geschrei und das Gedränge und der Sturm auf den verteidigungslosen Träger! Wie sie an ihm auf Stühlen hinaufstiegen, in seine Taschen guckten, die Papierpäckchen raubten, an seiner Halsbinde zupften, an seinem Hals hingen, ihm auf den Rücken trommelten oder an die Beine stießen – alles in unwiderstehlicher Freude! Dann die Ausrufe der Verwunderung und des Frohlockens, mit denen der Inhalt jedes Päckchens begrüßt wurde!

Die schreckliche Kunde, dass das Kleinste ertappt worden sei, wie es die Puppenbratpfanne in den Mund gesteckt und wohl gar das hölzerne Huhn samt der Schüssel hinuntergeschluckt habe! Die große Beruhigung, als man entdeckte, dass es falscher Alarm gewesen war! Die Freude und die Dankbarkeit und das Entzücken! Dies alles übertrifft alle Beschreibung. Es muss genügen zu wissen, dass die Kinder und ihre Freunde endlich aus dem Zimmer kamen und über eine Treppe in den obersten Stock hinaufgingen, wo sie zu Bett gebracht wurden und blieben.

Und als Scrooge jetzt sah, wie sich der Herr des Hauses, die Tochter zärtlich an seine Seite geschmiegt, mit ihr und ihrer Mutter an seinem eigenen Herd niedersetzte, und wie er dachte, dass ihn ein solches Wesen ebenso lieblich und hoffnungsfroh hätte Vater nennen und wie der Frühling im öden Winter seines Lebens hätte sein können, da wurden seine Augen wirklich trübe.

»Belle«, sagte der Mann, sich lächelnd zu seiner Gattin wendend, »ich sah heute Nachmittag einen alten Freund von dir.«

»Wer war es?«

»Rate mal.«

»Wie kann ich das? Ach, jetzt weiß ich es«, fügte sie sogleich hinzu, lachend, und auch er lachte. »Mr. Scrooge.«

»Ja, Mr. Scrooge. Ich ging an seinem Kontorfenster vorüber, und da kein Laden davor war und Licht brannte, musste ich ihn sehen. Sein Kompagnon liegt im Sterben, hörte ich, und er war allein. Ganz allein in der weiten Welt, glaube ich.«

»Geist«, rief Scrooge mit bebender Stimme, »führe mich weg von diesem Ort.«

»Ich sagte dir, dass dies Schatten gewesener Dinge sind«, sagte der Geist. »Gib nicht mir die Schuld, dass sie sind, wie sie sind.«

»Führe mich weg«, rief Scrooge aus. »Ich kann es nicht ertragen.«

Er wandte sich dem Geist zu, und wie er sah, dass er ihn mit einem Gesicht anblickte, in dem sich auf eine seltsame Weise all die Gesichter zeigten, die er bisher gesehen hatte, rang er mit ihm.

»Verlass mich, führ mich weg. Verfolge mich nicht länger.«

In dem Kampf, wenn es ein Kampf genannt werden kann, da der Geist, ohne sichtbaren Widerstand seinerseits, von den Angriffen seines Gegners unberührt blieb, bemerkte Scrooge, dass das Licht auf seinem Haupt hoch und hell brannte. In einem dunklen, instinktiven Gefühl, dieses Licht sei mit des Geistes Einfluss auf ihn verbunden, ergriff er den Löschhut und stülpte ihn auf des Geistes Haupt.

Der Geist sank zusammen, sodass der Löschhut seine ganze Gestalt bedeckte; aber obwohl Scrooge ihn mit seiner ganzen Kraft niederdrückte, konnte er das Licht nicht ganz verbergen, das darunter hervor- und mit hellem Schimmer über den Boden floss.

Er fühlte sich erschöpft und von einer unüberwindlichen Schläfrigkeit befallen und wusste, dass er in seinem eigenen Schlafzimmer war. Er gab dem Löschhut einen letzten Druck und fand kaum Zeit, in das Bett zu wanken, bevor er in tiefen Schlaf sank.

Dritte Strophe

Der zweite Geist

Scrooge erwachte mitten in einem tüchtigen Geschnarche und setzte sich im Bett auf, um seine Gedanken zu sammeln. Diesmal hatte niemand nötig, ihm zu sagen, dass es gerade eins sei. Er fühlte, dass er just zur rechten Zeit und zu dem ausdrücklichen Zweck erwacht sei, um eine Zusammenkunft mit dem zweiten, an ihn durch Jacob Marleys Vermittlung abgesandten Boten zu haben. Doch bei dem Gedanken, welche seiner Bettgardinen das neue Gespenst wohl zurückschlüge, wurde es ihm ganz unheimlich kalt, und so schlug er sie mit seinen eigenen Händen zurück. Dann legte er sich wieder hin und beschloss, genau aufzupassen, denn er wollte den Geist in dem Augenblick seiner Erscheinung anrufen und wünschte nicht überrascht und erschreckt zu werden.

Leute von keckem Mut, die sich schmeicheln, es schon mit etwas aufnehmen zu können und immer an ihrem Platz zu sein, drücken den weiten Bereich ihrer Fähigkeiten mit den Worten aus: Sie wären gut für alles, vom Brotessen bis zum Menschenverschlingen, da zwischen beiden Extremen ohne Zweifel ziemlich viel Gelegenheit zur Betätigung ihrer Kräfte liegt. Ohne gerade zu behaupten, dass es Scrooge so weit gebracht hätte, muss ich doch von dem Leser den Glauben fordern, dass er auf eine recht schöne Auswahl von Erscheinungen gefasst war und dass ihn nichts zwischen einem Wickelkind und einem Rhinozeros allzu sehr in Verwunderung gesetzt hätte.

Eben weil er beinahe auf alles gefasst war, war er nicht vorbereitet, nichts zu sehen, und daher überfiel ihn ein heftiges Zittern, als die Glocke eins schlug und keine Gestalt erschien. Fünf Minuten, zehn Minuten, eine Viertelstunde vergingen, aber es kam nichts. Die ganze Zeit über lag er auf seinem Bett, dem Kern und Mittelpunkt eines rötlichen Lichtes, das sich darüber ergoss, als die Glocke die Stunde verkündete, und das, weil es nur Licht war, viel beunruhigender als ein Dutzend Geister war, da es ihn unmöglich erraten ließ, was es bedeute oder was es wolle. Ja, er fürchtete zuweilen, er könnte in diesem Augenblick ein merkwürdiger Fall von Selbstentzündung sein, ohne den Trost zu haben, es zu wissen. Endlich jedoch fing er an zu begreifen, dass die Quelle dieses geisterhaften Lichtes wohl in dem anliegenden Zimmer sei, aus dem es bei näherer Betrachtung zu strömen schien. Wie dieser Gedanke die Herrschaft über seine Seele bekommen hatte, stand er leise auf und schlich in den Pantoffeln zur Tür.

In demselben Augenblick, in dem sich Scrooges Hand auf die Klinke legte, rief ihn eine fremde Stimme bei Namen und hieß ihn eintreten. Er gehorchte.

Es war sein eigenes Zimmer. Daran ließ sich nicht zweifeln. Aber eine wunderbare Umwandlung war mit ihm vorgegangen. Wände und Decke waren ganz mit grünen Zweigen bedeckt, sodass es aussah wie eine Laube, in der überall glänzende Beeren schimmerten. Die glänzenden, starren Blätter der Stechpalme, der Mistel und des Efeus warfen das Licht zurück und erschienen wie ebenso viele kleine Spiegel. Eine so gewaltige Flamme loderte die Esse hinauf, wie sie dieses Spottbild eines Kamins zu Scrooges oder Marleys Zeit seit vielen, vielen Wintern nicht gekannt hatte. Auf dem Fußboden waren zu einer Art von Thron Truthähne, Gänse, Wildbret, große Braten, Spanferkel, lange Reihen von Würsten, Pasteten, Plumpuddings, Austerfässchen, glühende Kastanien, rotbäckige Äpfel, saftige Orangen, appetitliche Birnen, ungeheure Stollen und siedende Punschbowlen aufgehäuft, die das Zimmer mit köstlichem Geruch erfüllten. Auf diesem Thron saß behaglich und mit fröhlichem Angesicht ein Riese, gar herrlich anzuschauen. In der Hand trug er eine brennende Fackel, fast wie ein Füllhorn gestaltet, und hielt sie steil in die Höhe, um Scrooge damit zu beleuchten, wie er in das Zimmer guckte.

»Nur herein«, rief der Geist. »Nur herein und lerne mich besser kennen.«

Scrooge trat schüchtern ein und senkte das Haupt vor dem Geiste. Er war nicht mehr der hartherzige, furchtlose Scrooge von früher, und obgleich die Augen des Geistes hell und mild glänzten, wollte er ihnen doch nicht begegnen.

»Ich bin der Geist der diesjährigen Weihnachtsnacht«, sagte die Gestalt. »Sieh mich an.«

Scrooge tat es mit ehrfurchtsvollem Blick. Der Geist war gekleidet in ein einfaches, dunkelgrünes Gewand, mit weißem Pelz verbrämt. Die breite Brust war entblößt, als verschmähe sie, sich zu verstecken. Auch die Füße waren bloß und schauten unter den weiten Falten des Gewandes hervor, und das Haupt hatte keine andere Bedeckung als einen Stechpalmenkranz, in dem hier und da Eiszapfen glänzten. Seine dunkelbraunen Locken wallten frei auf die Schultern. Sein munteres Gesicht, sein glänzendes Auge, seine fröhliche Stimme, sein ungezwungenes Benehmen – alles sprach von Offenheit und heiterem Sinn. Um den Leib trug er eine alte Degenscheide gegürtet, doch sie war von Rost zerfressen, und kein Schwert steckte darin.

»Du hast meinesgleichen nie vorher gesehen«, rief der Geist.

»Niemals«, entgegnete Scrooge.

»Hast dich nie mit den jüngeren Gliedern meiner Familie abgegeben? Ich meine (denn ich bin sehr jung) meine älteren Brüder, die in den vergangenen Jahren geboren worden sind?«, fuhr das Phantom fort.

»Ich glaube nicht«, sagte Scrooge. »Doch es tut mir leid, es nicht getan zu haben. Hast du viele Brüder gehabt, Geist?«

»Mehr als 1800«, sagte dieser.

»Eine schrecklich große Familie, wenn man für sie sorgen muss«, murmelte Scrooge.

Der Geist der diesjährigen Weihnacht erhob sich.

»Geist«, sagte Scrooge demütig, »führe mich, wohin du willst. Gestern Nacht wurde ich gezwungen hinausgeführt, und mir wurde eine Lehre gegeben, die jetzt Wirkung zeigt. Heute bin ich bereit zu folgen, und wenn du mich etwas zu lehren hast, will ich gern hören.«

»Berühre mein Gewand.«

Scrooge tat, wie ihm geheißen, und hielt es fest.

Stechpalmen, Misteln, rote Beeren, Efeu, Truthähne, Gänse, Spanferkel, Braten, Würste, Austern, Pasteten, Puddings, Früchte und Punsch – alles verschwand blitzschnell. Auch das Zimmer verschwand, das Feuer, der rötliche Schimmer, die nächtliche Stunde, und sie standen in den Straßen der Stadt, am Morgen des Weihnachtstages.

Die Leute – denn es war sehr kalt – machten eine raue, aber fröhliche und nicht unangenehme Musik, indem sie den Schnee vom Straßenpflaster und den Dächern der Häuser zusammenfegten. Die Kinder standen daneben, freuten sich und kreischten, wenn die Schneelawinen von den Dächern herabstürzten und in künstliche Schneestürme zerstoben.

Die Häuser erschienen schwarz und die Fenster noch schwärzer, verglichen mit der faltenlosen, weißen Schneedecke auf den Dächern und dem schmutzigeren Schnee auf den Straßen. Dort war er von den schweren Rädern der Wagen und Karren in tiefe Furchen gepflügt, die sich hundert- und Aberhundertmal kreuzten, wo eine Straße abging, und die in dem dicken, gelben Schmutz und halberstarrten Wasser labyrinthische Gerinnsel bildeten. Der Himmel war trübe, und selbst die kürzesten Straßen schienen sich in einem dichten Nebel zu verlieren, dessen schwerere Teile in einem rußigen Regen niederfielen, als hätten alle Schornsteine Englands sich auf einmal entzündet und qualmten jetzt nach Herzenslust.

Es war in der ganzen Umgebung nichts Heiteres, und doch lag etwas in der Luft, das die klarste Sommerluft und die hellste Sommersonne nicht hätten verbreiten können.

Denn die Leute, die den Schnee von den Dächern schaufelten, waren lustig und mutwilliger Laune. Sie riefen einander von den Dächern zu und wechselten dann und wann einen Schneeball – ein Pfeil, der harmloser war als manches Wort – und lachten herzlich, wenn er traf, und nicht minder herzlich, wenn er fehlging. Die Läden der Geflügelhändler waren noch halb offen, und die der Fruchthändler strahlten in heller Freude. Da sah man – als wären es Westen lustiger alter Herren – große, runde, dickbäuchige Körbe mit Kastanien an den Türen lehnen oder in ihrem apoplektischen Überfluss auf die Straße rollen. Da sah man braune, umfangreiche spanische Zwiebeln, in ihrer Fettigkeit spanischen Mönchen gleichend und mutwillig den Mädchen winkend, die vorübergingen und verschämt nach dem Mistelzweig schielten.

Da sah man Birnen und Äpfel zu Pyramiden aufeinandergepackt, Trauben, die der Kaufmann in seiner Gutmütigkeit recht augenfällig im Gewölbe hängen ließ, sodass den Vorübergehenden der Mund gratis wässerte, Haufen von Haselnüssen, bemoost und braun, mit ihrem frischen Duft an vergangene Streifzüge im Wald durch das raschelnde, fußhohe, welke Laub erinnernd, Norfolk-Biffins, fett und kraus, mit ihrer Bräune von den gelben Orangen abstechend und gar dringlich bittend, dass man sie nach Hause trage und nach Tische esse. Ja, selbst die Gold- und Silberfische, die in einem Glas mitten unter den erlesenen Früchten standen, schienen zu wissen, dass etwas Besonderes los sei, obgleich sie von einem dick- und kaltblütigen Geschlecht waren, und schwammen um ihre kleine Welt in langsamer und leidenschaftsloser Bewegung.

Ach, die Kolonialwarenläden! Fast geschlossen waren sie, vielleicht ein oder zwei Läden vorgesetzt, aber welche Herrlichkeiten sah man durch diese Öffnungen! Nicht allein, dass die Waagschalen mit fröhlichem Klingklang auf dem Ladentisch rumorten, oder dass der Bindfaden so munter von seiner Rolle schnurrte, oder dass die Büchsen blitzschnell hin und her fuhren wie durch Zauberei, oder dass der Mischgeruch von Kaffee und Tee der Nase so wohl tat, nicht dass die Rosinen so wunderschön, die Mandeln so außerordentlich weiß, die Zimtstangen so lang und gerade, die anderen Gewürze so köstlich, die eingemachten Früchte so dick mit geschmolzenem Zucker belegt waren, dass der kälteste Zuschauer entzückt wurde; nicht allein, dass die Feigen so saftig und fleischig waren, oder dass die Brignolen in bescheidener Koketterie in ihren verzierten Büchsen erröteten, oder dass alles so gut zu essen oder so schön in seinem Weihnachtskleid war: das war es nicht allein.

Die Kaufenden waren auch alle so eifrig und eilig in der Vorfreude auf das Fest, dass sie in der Türe gegeneinanderrannten, wie von Sinnen mit ihren Körben zusammenstießen und ihre Einkäufe vergaßen und wieder zurückliefen, um sie zu holen, und tausend ähnliche Irrtümer in der bestmöglichen Laune begingen, während der Kaufmann und seine Leute so frisch und froh waren, dass die blanken Herzen, die ihre Schürzen hinten zusammenhielten, ihre eigenen hätten sein können.

Aber bald riefen die Glocken nach den Kirchen und Kapellen, und die Leute gingen in ihren besten Kleidern und ihren feiertäglichsten Gesichtern durch die Straßen. Und zur selben Zeit strömten aus den Nebenstraßen und Gässchen und namenlosen Winkeln zahllose Leute, die ihr Mittagessen in die Backstuben trugen. Der Anblick dieser Armen und doch so Glücklichen schien des Geistes Teilnahme am meisten zu erregen, denn er blieb mit Scrooge neben eines Bäckers Tür stehen, und während er die Deckel von den Schüsseln nahm, als die Träger vorübergingen, bestreute er ihr Mahl mit Weihrauch seiner Fackel. Und es war eine gar wunderbare Fackel, denn ein paarmal, als einige von den Leuten zusammengerannt waren und darüber heftige Worte fielen, besprengte er sie mit etlichen Tropfen Tau daraus, und ihre gute Laune war augenblicklich wiederhergestellt. Denn sie sagten, es sei eine Schande, sich am Weihnachtstag zu zanken.

Jetzt schwiegen die Glocken, und die Läden der Bäcker wurden geschlossen. Doch schwebte noch ein Schatten von all diesen Mittagessen und dem Fortgang ihrer Zubereitung in dem getauten, nassen Fleck über jedem Ofen. Vor ihnen rauchte das Pflaster, als kochten selbst die Steine.

„Ist eine besondere Kraft in dem, was deine Fackel ausstreut?", fragte Scrooge.

„Ja. Meine eigene."

„Und wirkt sie auf jedes Mittagsmahl an diesem Tag?" fragte Scrooge.

„Auf jedes, sofern es gern gegeben wird. Auf ein ärmliches am meisten."

„Warum auf ein ärmliches am meisten?"

„Weil das meiner Kraft am meisten bedarf."

„Geist", sagte Scrooge nach kurzem Nachdenken, „mich wundert's, dass du von allen Wesen auf den vielen Welten um uns herum wünschen solltest, diesen Leuten die Gelegenheit eines unschuldigen Genusses zu rauben."

„Ich?", rief der Geist.

„Du willst ihnen die Mittel nehmen, jeden siebten Tag zu Mittag zu essen, und doch ist das der einzige Tag, wo sie überhaupt zu Mittag essen können", sagte Scrooge.

„Ich?", rief der Geist.

„Du willst doch Backstuben und ähnliche Plätze am siebten Tag geschlossen halten – das kommt doch auf dasselbe heraus."

„Ich?", rief der Geist.

„Verzeih mir, wenn ich unrecht habe. Es ist in deinem Namen geschehen oder wenigstens in dem deiner Familie", sprach Scrooge.

„Es gibt Menschen auf eurer Erde", entgegnete der Geist, „die uns kennen wollen und die ihre Taten des Stolzes, der Missgunst, des Hasses, des Neides, des Fanatismus und der Selbstsucht in unserem Namen tun; die uns in allem, was zu uns gehört, so fremd sind, als hätten sie nie gelebt. Bedenke dies und schreibe ihre Taten ihnen selbst zu und nicht uns."

Scrooge versprach es, und sie gingen weiter in die Vorstadt, unsichtbar wie bisher. Es war eine wunderbare Eigenschaft des Geistes (Scrooge hatte sie bei dem Bäcker bemerkt), dass er, bei seiner riesenhaften Gestalt, doch überall leicht Platz fand und dass er unter einem niedrigen Dach ebenso schön und gleich einem übernatürlichen Wesen dastand wie in einem geräumigen, hohen Saal.

Vielleicht war es die Freude, die der gute Geist darin fühlte, diese Macht zu zeigen, vielleicht auch seine warmherzige, freundliche Natur und seine Teilnahme mit allen Armen, was ihn gerade zu Scrooges Kommis führte: Denn er ging wirklich hin und nahm Scrooge mit, der sich an seinem Gewand festhielt. Auf der Schwelle stand der Geist lächelnd still und segnete Bob Cratchits Wohnung mit dem Tau seiner Fackel. Denkt doch! Bob hatte nur fünfzehn „Bobs" die Woche; er steckte samstags nur fünfzehn seiner Namensvettern in die Tasche, und doch segnete der Geist der diesjährigen Weihnacht sein Haus.

Im Zimmer stand Mr. Cratchits Frau in einem ärmlichen, zweimal gewendeten Kleid, schön aufgeputzt mit Bändern, die billig sind, aber für sechs Pence hübsch genug aussehen. Sie deckte den Tisch, und Belinda, ihre zweite Tochter, half ihr dabei, während Master Peter mit der Gabel in eine Schüssel voll Kartoffeln stach und die Spitzen seines ungeheuren Hemdkragens (Bobs Privateigentum, seinem Sohn und Erben zu Ehren des Festes geliehen) in den Mund nahm – voller Stolz, so schön angezogen zu sein, und voller Sehnsucht, sein weißes Hemd in den fashionablen Parks zur Schau zu tragen.

Jetzt kamen die zwei kleinen Cratchits, ein Mädchen und ein

Junge, hereingesprungen und schrien, dass sie an des Bäckers Tür die gebratene Gans gerochen und gewusst hätten, es sei ihre eigene. In freudigen Träumen von Salbei und Zwiebeln tanzten sie um den Tisch und erhoben Master Peter Cratchit bis in den Himmel, während er (aber gar nicht stolz, obwohl ihn der Hemdkragen fast erstickte) in das Feuer blies, bis die Kartoffeln hochquollen und an den Topfdeckel klopften, als wollten sie herausgelassen und geschält werden.

»Wo nur der Vater bleibt?", fragte Mrs. Cratchit.

»Und dein Bruder Tiny Tim? Und Martha kam vorige Weihnachten eine halbe Stunde früher.«

»Hier ist Martha, Mutter«, sagte ein Mädchen, zur Tür hereintretend.

»Hier ist Martha, Mutter«, riefen die beiden kleinen Cratchits. »Hurra, so eine Gans, Martha!«

»Gott grüß dich, liebes Kind! Wie spät du kommst!", sagte Mrs. Cratchit, sie mehrmals küssend und ihr mit zutulichem Eifer Schal und Hut abnehmend.

»Wir hatten gestern Abend viel zurechtzumachen«, antwortete das Mädchen, »und mussten heute mit allem fertig werden, Mutter.«

»Nun, es schadet nichts, da du doch da bist«, sagte Mrs. Cratchit. »Setz dich ans Feuer, liebes Kind, und wärme dich.«

»Nein, nein, der Vater kommt«, riefen die beiden kleinen Cratchits, die überall zur gleichen Zeit waren. »Versteck dich, Martha, versteck dich!«

Martha versteckte sich, und jetzt trat Bob herein, der Vater. Wenigstens drei Fuß, ungerechnet der Fransen, hing der Schal auf seine Brust herab, und die abgetragenen Kleider waren geflickt und gebürstet, um ihnen ein Ansehen zu geben. Tiny Tim saß auf seiner Schulter. Der arme Tiny Tim! Er trug eine kleine Krücke, und seine Glieder wurden von eisernen Schienen gestützt.

»Nun, wo ist unsere Martha?«, rief Bob Cratchit und schaute im Zimmer herum.

»Sie kommt nicht«, sagte Mrs. Cratchit.

»Sie kommt nicht?«, sagte Bob mit einem plötzlichen Absinken seiner fröhlichen Laune; denn er war den ganzen Weg von der Kirche Tims Pferd gewesen und in vollem Lauf nach Hause gerannt. »Sie kommt nicht zum Weihnachtsabend?«

Martha wollte ihm keinen Schmerz verursachen, selbst nicht aus Scherz, und so trat sie hinter der Tür hervor und schlang die Arme um seinen Hals, während die beiden kleinen Cratchits sich Tiny Tims bemächtigten und ihn nach dem Waschhaus trugen, damit er den Pudding im Kessel singen höre.

»Und wie hat sich der kleine Tim aufgeführt?«, fragte Mrs. Cratchit, als sie Bob wegen seiner Leichtgläubigkeit geneckt und Bob seine Tochter nach Herzenslust geküsst hatte.

»Wie ein Goldkind«, sagte Bob, »und noch besser. Ich weiß nicht, wie es kommt, aber er wird jetzt so träumerisch vom Alleinsitzen und sinnt sich die seltsamsten Dinge zurecht. Heute, als wir nach Hause gingen, sagte er, er hoffe, die Leute sähen ihn in der Kirche, denn er sei ein Krüppel, und es wäre vielleicht gut für sie, sich am Christtag an den zu erinnern, der einst Lahme gehen und Blinde sehen machte.«

Bobs Stimme zitterte, als er dies sagte, und zitterte noch mehr, als er hinzufügte, dass Tiny Tim stärker und gesünder werden würde.

Man hörte jetzt seine kleine Krücke auf dem Fußboden, und ehe noch mehr gesprochen wurde, war Tim wieder da und wurde von seinem Bruder und seiner Schwester zu seinem Stuhl neben dem Feuer geführt. Während Bob nun seine Rockaufschläge zur Schonung in die Höhe krempelte – als ob es möglich gewesen wäre, sie noch mehr abzutragen –, bereitete er in einer Bowle aus Gin und Zitronen eine heiße Mischung zu. Er rührte sie um und stellte sie wieder ans Feuer, damit sie sich warm hielt. Inzwischen gingen Master Peter und die zwei allgegenwärtigen kleinen Cratchits die Gans holen, mit der sie bald in feierlichem Zug zurückkehrten.

Daraufhin erhob sich ein solcher Lärm, als wäre eine Gans der seltenste aller Vögel, ein gefiedertes Wunder, gegen das ein schwarzer Schwan etwas ganz Gewöhnliches ist – und wirklich war sie es auch in diesem Haus. Mrs. Cratchit ließ die Bratenbrühe aufwallen, Master Peter schmorte die Kartoffeln mit unglaublichem Eifer, Miss Belinda machte die Apfelsoße süß, Martha wischte die gewärmten Teller ab, Bob nahm Tiny Tim neben sich in eine behagliche Ecke am Tisch, die beiden kleinen Cratchits stellten die Stühle zurecht, wobei sie sich nicht vergaßen, und nahmen ihren Posten ein, den Löffel im Mund, um nicht nach Gans zu schreien, ehe sie an der Reihe waren.

Endlich wurde das Gericht aufgetragen und das Tischgebet gesprochen. Darauf folgte eine atemlose Pause, als Mrs. Cratchit das Vorschneidemesser langsam von der Spitze bis zum Heft betrachtete und sich anschickte, es der Gans in die Brust zu stoßen. Aber als sie es tat und sich der langerwartete Strom der Füllung ergoss, ertönte um den ganzen Tisch ein freudiges Gemurmel. Selbst Tiny Tim, durch die beiden kleinen Cratchits in Feuer gebracht, schlug mit dem Heft seines Messers auf den Tisch und rief ein schwaches Hurra.

Nie hatte es so eine Gans gegeben. Bob sagte, er glaube nicht, dass jemals eine solche Gans gebraten worden sei. Ihre Zartheit und ihr Fett, ihre Größe und ihre Billigkeit waren der Gegenstand allgemeiner Bewunderung. Mithilfe der Apfelsoße und der geschmorten Kartoffeln gab sie ein hinreichendes Mahl für die ganze Familie. Und als Mrs. Cratchit einen einzigen kleinen Knochen noch auf der Schüssel liegen sah, sagte sie mit großer Freude, sie hätten doch nicht alles aufgegessen! Aber jeder von ihnen hatte genug, und die kleinen Cratchits waren bis an die Augenbrauen mit Salbei und Zwiebeln eingesalbt. Jetzt wurden die Teller von Miss Belinda gewechselt, und Mrs. Cratchit verließ das Zimmer allein, denn sie war zu unruhig, Zeugen dulden zu können, wenn sie den Pudding herausnahm und hereinbrachte.

Wenn er nicht ausgebacken wäre! Wenn er beim Herausnehmen in Stücke zerfiele! Wenn jemand über die Mauer des Hinterhauses geklettert wäre und ihn gestohlen hätte, während sie sich an der Gans erquickten – ein Gedanke, bei dem die beiden kleinen Cratchits vor Schrecken bleich wurden.

Hallo, eine Dampfwolke! Der Pudding war aus dem Kessel genommen. Ein Geruch wie an einem Waschtag! Das war die Serviette. Ein Geruch wie in einem Speisehaus, mit einem Pastetenbäcker auf der einen und einer Wäscherin auf der anderen Seite! Das war der Pudding. Nach einer halben Minute trat Mrs. Cratchit herein, aufgeregt, aber stolz lächelnd und vor sich den Pudding haltend, hart und fest wie eine gefleckte Kanonenkugel, in einem Viertelquart Rum flammend und in der Mitte mit der festlichen Stechpalme geschmückt.

Oh, welch wunderbarer Pudding! Bob Cratchit erklärte mit ruhiger und sicherer Stimme, er halte das für das größte Kochkunststück, das Mrs. Cratchit seit ihrer Heirat geliefert habe. Mrs. Cratchit meinte, da die Last von ihrem Herzen sei, wolle sie nur gestehen, dass sie wegen der Menge des Mehls gar sehr in Angst gewesen sei. Jeder hatte darüber etwas zu sagen, aber keiner sagte oder dachte, es sei doch ein zu kleiner Pudding für eine so große Familie. Das wäre offenbare Ketzerei gewesen. Jeder Cratchit hätte sich geschämt, an so etwas nur zu denken.

Endlich waren sie mit dem Essen fertig, der Tisch war abgedeckt, der Herd gesäubert und das Feuer geschürt. Das Gemisch im Krug wurde gekostet und für fertig erklärt, Äpfel und Apfelsinen auf den Tisch gesetzt und ein paar Hände voll Kastanien auf das Feuer geschüttet. Dann setzte sich die ganze Familie Cratchit um den Kamin in einem Kreis – wie es Bob Cratchit nannte, obgleich es eigentlich nur ein Halbkreis war –, Bob in die Mitte und neben ihm der Gläservorrat der Familie: zwei Passgläser und ein Milchkännchen ohne Henkel.

Diese Gefäße aber hielten das heiße Gemisch aus dem Krug so gut, als wären es goldene Pokale gewesen, und Bob schenkte mit strahlenden Blicken ein, während die Kastanien auf dem Feuer spuckten und platzten. Dann schlug Bob den Toast vor.

»Uns allen eine fröhliche Weihnacht, meine Lieben! Gott segne uns!«

Die ganze Familie wiederholte den Toast.

»Gott segne jeden von uns!", sagte Tiny Tim, der letzte von allen.

Er saß dicht neben dem Vater auf seinem Stühlchen. Bob hielt seine kleine, welke Hand in der seinigen, als ob er das Kind liebte und wünschte, es bei sich zu behalten, aber fürchtete, es könnte ihm bald genommen werden.

»Geist«, sprach Scrooge mit einer Teilnahme, wie er sie noch nie empfunden hatte, »sag mir, wird Tiny Tim am Leben bleiben?«

»Ich sehe einen leeren Stuhl in der Kaminecke«, antwortete der Geist, »und eine Krücke ohne Besitzer, sorgfältig aufbewahrt. Wenn die Zukunft diese Schatten nicht ändert, wird das Kind sterben.«

»Nein, nein«, drängte Scrooge. »Ach nein, guter Geist, sag, dass es am Leben bleiben wird.«

»Wenn die Zukunft diese Schatten nicht verändert«, antwortete der Geist abermals, »wird kein anderer meines Geschlechtes das Kind noch hier finden. Was tut es auch? Wenn es sterben muss, ist es besser, es tue es gleich und vermindere die überflüssige Bevölkerung.«

Scrooge senkte das Haupt, da er seine eigenen Worte von dem Geist hörte, und fühlte sich überwältigt von Reue und Schmerz.

»Mensch«, sprach der Geist, »wenn du ein menschliches Herz hast und kein steinernes, so hüte dich, so heuchlerisch zu reden, bis du weißt, was und wo dieser Überfluss ist. Willst du entscheiden, welche Menschen leben, welche Menschen sterben sollen? Vielleicht bist du in den Augen des Himmels unwürdiger und unfähiger zu leben als Millionen gleich dieses armen Mannes Kind. O Gott! Solch Gewürm auf einem Blättlein reden zu hören über zu viel Leben unter seinen hungrigen Brüdern im Staub!«

Scrooge nahm des Geistes Vorwurf demütig hin und schlug die Augen nieder, aber er blickte schnell wieder in die Höhe, als er seinen Namen nennen hörte.

»Es lebe Mr. Scrooge!", sagte Bob, »Mr. Scrooge, der Schöpfer dieses Festes!«

»Der Schöpfer dieses Festes, wahrhaftig!", rief Mrs. Cratchit mit glühendem Gesicht. »Ich wollte, ich hätte ihn hier. Ich wollte ihm ein Stück von meiner Meinung zu kosten geben, und ich hoffe, sie würde ihm schmecken.«

»Liebe Frau«, sagte Bob beschwichtigend, »die Kinder! – Es ist Weihnachten.«

»Freilich muss es Weihnachten sein«, sagte sie, »wenn man auf die Gesundheit eines so niederträchtigen, geizigen, fühllosen Menschen wie Scrooge trinken kann. Und du weißt es, Robert, dass er so ist – niemand weiß es besser als du!«

»Liebe Frau«, antwortete Bob mild, »es ist Weihnachten.«

»Ich will auf seine Gesundheit trinken, dir und dem Feste zuliebe", sagte Mrs. Cratchit, »nicht seinetwegen. Möge er lange leben! Ein fröhliches Weihnachten und ein glückliches neues Jahr! – Er wird sehr fröhlich und sehr glücklich sein, das glaub ich.«

Die Kinder tranken nach ihr. Es war das Erste, was sie an diesem Abend ohne Herzlichkeit und Wärme taten. Tiny Tim trank zuletzt, aber er gab keinen Pfifferling darum. Scrooge war das Schreckbild der Familie. Die Erwähnung seines Namens warf über alle einen düsteren Schatten, der volle fünf Minuten zum Verschwinden brauchte.

Als er weg war, waren sie zehnmal lustiger als vorher, schon weil sie Scrooge los waren, den Schrecklichen. Bob Cratchit erzählte, dass er eine Stelle für Peter in Aussicht habe, die diesem ganze fünf und einen halben Shilling wöchentlich einbringen werde. Die beiden kleinen Cratchits lachten fürchterlich bei dem Gedanken, Peter als Geschäftsmann zu sehen; und Peter selbst blickte gedankenvoll zwischen seinen Kragenenden hervor in das Feuer, als überlege er, in welchen Aktien wohl am besten seine Ersparnisse anzulegen seien, wenn er in Besitz dieser unglaublichen Summe käme.

Martha, die bei einer Putzmacherin Gehilfin war, erzählte ihnen, was für Arbeit sie jetzt mache, wie viele Stunden sie in der guten Zeit arbeiten müsse und wie sie morgen früh ausschlafen gedenke; denn morgen war für sie ein Feiertag. Auch erzählte sie, wie sie vor einigen Tagen eine Gräfin und einen Lord gesehen habe, und dass der Lord fast so groß wie Peter gewesen sei; bei diesen Worten zupfte Peter seinen Hemdkragen so in die Höhe, dass sein Kopf darin verschwand. Während dieser ganzen Zeit gingen Punsch und reife Kastanien um, und dazwischen sang Tiny Tim mit seiner klagenden Stimme ein Lied von einem Kind, das sich im Schnee verlaufen hatte, und sang es recht hübsch.

In alledem war nichts Besonderes. Es waren keine hübschen Gesichter in der Familie; sie waren nicht schön angezogen, ihre Schuhe waren nichts weniger als wasserdicht, ihre Kleider waren ärmlich, und Peter mochte wohl das Innere eines Pfandleiherladens kennen. Aber sie waren glücklich, voller Dank für ihre bescheidenen Freuden, einig untereinander und zufrieden: und als ihre Gestalten verblichen und im scheidenden Licht der Fackel des Geistes noch glücklicher aussahen, verweilte Scrooges Auge immer noch auf ihnen und hing vor allem an Tiny Tim.

Es war jetzt ganz dunkel geworden, und es fiel ein starker Schnee; und als Scrooge und der Geist durch die Straßen gingen, leuchtete der Glanz der lodernden Feuer in Küchen, Putzstuben und Gemächern aller Art über alle Maßen wundervoll. Hier zeigte die flackernde Flamme die Vorbereitungen zu einem traulichen Mahl, die heißen Teller, wie sie sich vor dem Feuer durch und durch wärmten, und die dunkelroten Gardinen, bereit, Kälte und Nacht auszuschließen. Dort liefen alle Kinder des Hauses auf die verschneite Straße hinaus, ihren verheirateten Schwestern, Brüdern, Vettern, Basen, Onkeln und Tanten entgegen, um sie zuerst zu begrüßen. Hier zeigten sich an den Fenstern Schatten versammelter Gäste; dort eine Gruppe hübscher Mädchen in Pelzkragen und Pelzstiefeln, alle zugleich redend und mit leichten Schritten in eines Nachbars Haus eilend. Wehe dem Junggesellen, der sie dort strahlend eintreten sah — und sie wussten es, die durchtriebenen kleinen Hexen!

Wenn man nach der Zahl der Leute hätte urteilen wollen, die zu freundschaftlichen Besuchen eilten, hätte man glauben mögen, es sei niemand da, sie zu bewillkommnen. Aber stattdessen erwartete jedes Haus Gäste, und in jedem Kamin loderte die Flamme. Wie sich der Geist freute! Wie er seine breite Brust entblößte und seine volle Hand auftat und dahinschwebte, freigebig seine heitere und harmlose Fröhlichkeit über alles in seinem Bereich ausschüttend!

Selbst der Laternenanzünder, der durch die dunklen Straßen rannte, um ihre trüben Nebel mit Licht zu erhellen und der bereits herausgeputzt war, um den Abend irgendwo zuzubringen, lachte laut auf, als er den Geist vorüberschweben fühlte.

Und jetzt, ohne dass vorher der Geist etwas gesagt hätte, standen sie auf einer kahlen, öden Heide, wo ungeheure Felsblöcke verstreut lagen, als wäre hier eine Begräbnisstätte von Riesen. Und Wasser breitete sich aus, wo es nur Lust hatte – oder es hätte sich ausgebreitet, wenn es der Frost nicht gefangengehalten hätte. Nichts wuchs dort als Moos und Gestrüpp und hartes, spitzes Gras. Tief im Westen hatte die untergehende Sonne einen Streifen glühenden Rots gelassen, der einen Augenblick auf die öde Steppe niedertauchte wie ein zürnendes Auge, und immer tiefer und tiefer sank, bis er sich im Dunkel der tiefsten Nacht verlor.

„Was ist das für ein Ort?", fragte Scrooge.

„Ein Ort, wo Bergleute in den Tiefen der Erde arbeiten", antwortete der Geist. „Aber sie kennen mich. Sieh!"

Ein Licht strahlte aus dem Fenster einer Hütte, und sie schwebten schnell darauf zu. Hier fanden sie eine fröhliche Gesellschaft um ein wärmendes Feuer sitzen: ein alter, alter Mann und eine greise Frau mit ihren Kindern, Enkeln und Urenkeln, alle in festlichen Kleidern. Der Alte sang ein Weihnachtslied mit einer Stimme, die nur selten das Heulen des Windes auf der Einöde übertönte; es war schon ein sehr altes Lied gewesen, als er noch ein Knabe war; und von Zeit zu Zeit fielen sie alle im Chor ein. Und stets, wenn ihre Stimmen ertönten, wurde der Alte lebendig und laut; und immer, wenn sie aufhörten, sank seine Kraft wieder. Der Geist verweilte hier nicht, sondern befahl Scrooge, sich an seinem Gewand zu halten.

Sie schwebten über die Öde – aber wohin? Doch nicht aufs Meer? Aufs Meer! Zu seinem Schrecken sah Scrooge eine Reihe grausig steiler Klippen und hinter sich das Land verschwinden. Sein Ohr wurde betäubt von dem Donner der Wogen, wie sie unten in den grausenden Höhlen, die sie genagt hatten, heulten, brüllten und wüteten und mit wildem Grimm die Erde zu unterwühlen trachteten.

Auf einer öden, halb im Wasser versunkenen Klippe, gewiss eine Meile vom Land entfernt, stand ein einsamer Leuchtturm. Das ganze trostlose Jahr hindurch umschäumten und umtollten ihn die Wogen. Große Haufen von Seekraut umgaben seinen Fuß, und Sturmvögel – man konnte glauben, dass sie vom Winde geboren waren wie das Seekraut von den Wellen – Sturmvögel hoben und senkten sich um seine Spitze, wie die wogenden Wellen unten.

Aber selbst hier hatten die zwei Turmwächter ein Feuer angezündet, das durch das Guckloch in der dicken, steinernen Mauer einen hell glänzenden Streifen auf die nächtliche See warf. Die harten Hände sich über den Tisch hinreichend, an dem sie saßen, wünschten sie einander fröhliche Weihnachten und stießen mit den Grogbechern darauf an. Und einer der beiden, der Ältere noch dazu, mit einem Gesicht von Sturm und Wetter gebräunt und gefurcht wie die Galionsfigur eines alten Schiffes, stimmte ein mächtiges Lied an, das wie ein Sturmwind erdröhnte.

Immer noch schwebte der Geist über die dunkelwogende See dahin, immer weiter und weiter, bis sie, wie der Geist zu Scrooge sagte, fern jeder Küste, sich auf einem Schiff niederließen. Sie standen neben dem Steuermann an dem Rad, dem Ausguck vorn, neben den Offizieren, die gerade Wache hatten. Wie dunkle, gespenstige Gestalten standen diese auf ihrem Posten, aber jeder von ihnen summte ein Weihnachtslied, hatte einen Weihnachtsgedanken oder sprach leise zu seinem Kameraden von einem früheren Weihnachtsabend und heimatlichen Hoffnungen, die sich daran knüpften. Und jeder Einzelne an Bord, wachend oder schlafend, gut oder schlecht, hatte an diesem Tag ein herzlicheres Wort für seine Kameraden gehabt als an jedem anderen Tag des Jahres, ihn wenigstens einigermaßen gefeiert und an die gedacht, die sich jetzt in der Ferne seiner erinnerten. Und er hatte gewusst, dass sie jetzt seiner freundlich gedachten.

Eine große Überraschung war es für Scrooge – während er dem Stöhnen des Windes lauschte und darüber nachdachte, wie schauerlich es sei, durch die öde Nacht über einen unbekannten Abgrund dahinzugleiten, der Geheimnisse barg, so tief wie der Tod –, eine große Überraschung war es für Scrooge, sage ich, plötzlich ein herzliches Lachen zu vernehmen. Noch größer war Scrooges Überraschung, als er darin das Lachen seines eigenen Neffen erkannte und sich in einem hellen, behaglich warmen Zimmer wiederfand, während der Geist an seiner Seite stand und mit beifälligem, mildem Lächeln auf diesen Neffen herabblickte.

»Haha!", lachte Scrooges Neffe. »Hahaha!«

Wenn jemand durch einen sehr unwahrscheinlichen Zufall einen Menschen kennt, der glücklicher lachen kann als Scrooges Neffe, so kann ich nur sagen: Ich möchte ihn auch kennenlernen. Stellt mich ihm vor, und ich werde mit ihm Freundschaft pflegen.

Es ist doch eine gerechte und schöne Anordnung, dass, wie Krankheit und Kummer, auch in der ganzen weiten Welt nichts so unwiderstehlich ansteckend ist wie Lachen und Fröhlichkeit.

Als Scrooges Neffe lachte, sich den Bauch hielt, mit dem Kopf wackelte und die allermerkwürdigsten Gesichter schnitt, lachte Scrooges Nichte so herzlich wie er. Und die versammelten Freunde, nicht faul, fielen in den Lachchor ein.

»Haha! Haha! Haha!«

»Er sagte, Weihnachten sei dummes Zeug, so wahr ich lebe«,

rief Scrooges Neffe. »Und er glaubt es auch.«

»Die Schande ist umso größer für ihn, Fred«, sagte Scrooges Nichte entrüstet. Gott segne die Frauen! Sie tun nie etwas halb. Sie sind immer in vollem Ernst.

Sie war hübsch, sehr hübsch. Sie hatte ein liebliches, schelmisches Gesicht, einen frischen, vollen Mund, der zum Küssen gemacht schien – wie er es ohne Zweifel auch war –, alle Arten lieber kleiner Grübchen um das Kinn, die ineinanderflossen, wenn sie lachte, und das sonnenhellste Paar Augen, das je erblickt werden konnte. Ja, sie war reizend, liebenswürdig, bezaubernd.

»Er ist ein komischer alter Herr«, sagte Scrooges Neffe, »das ist wahr, und nicht so angenehm, wie er sein könnte. Doch seine Fehler bestrafen nur ihn selbst, und ich habe keinen Grund, etwas gegen ihn zu sagen.«

»Er muss doch sehr reich sein, Fred«, meinte Scrooges Nichte. »Wenigstens sagst du es immer.«

»Und wenn schon, Liebste!", sprach Scrooges Neffe. »Sein Reichtum nützt ihm nichts. Er tut nichts Gutes damit. Er macht sich selbst nicht einmal das Leben damit angenehm. Er hat nicht einmal das Vergnügen zu denken – hahaha –, dass er uns am Ende damit eine Freude machen wird.«

»Ich habe keine Geduld mit ihm«, bemerkte Scrooges Nichte. Die Schwester von Scrooges Nichte und alle anderen Damen waren derselben Meinung.

»Oh, ich habe Geduld«, sagte Scrooges Neffe. »Mir tut er leid; ich könnte nicht böse auf ihn werden, selbst wenn ich's versuchte. Wer leidet unter seiner bösen Laune? Er selbst allein, sonst niemand. Jetzt hat er sichs in den Kopf gesetzt, uns nicht leiden zu können, und will unsere Einladung zum Mittagessen nicht annehmen. Was ist die Folge davon? Er verliert nicht viel an unserem Essen.«

»Nun, ich meine, er verliert ein sehr gutes Essen«, unterbrach ihn Scrooges Nichte. Die anderen sagten dasselbe, und man konnte ihr Urteil darüber nicht bestreiten, weil sie eben zu essen aufgehört hatten und jetzt mit dem Dessert bei Lampenlicht um den Kamin saßen.

»Nun, es freut mich, das zu hören«, sagte Scrooges Neffe, »weil ich kein großes Vertrauen in diese jungen Hausfrauen setze. Was sagen Sie dazu, Topper?«

Ganz klar war: Topper hatte ein Auge auf eine der Schwestern von Scrooges Nichte geworfen, denn er antwortete, ein Junggeselle sei ein unglücklicher, heimatloser Mensch, der kein Recht habe, eine Meinung darüber auszusprechen – Worte, bei denen die Schwester von Scrooges Nichte, die Runde mit dem Spitzkragen, nicht die mit der Rose im Haar, rot wurde.

»Weiter, weiter, Fred!"«, sagte Scrooges Nichte, in die Hände klatschend. »Er bringt nie zu Ende, was er angefangen hat! Er ist ein so närrisches Kerlchen.«

Scrooges Neffe schwelgte in einem anderen Gelächter, und es war unmöglich, sich von der Ansteckung fernzuhalten, obgleich es die runde Schwester sogar mit Riechsalz versuchte; sein Beispiel wurde einstimmig nachgeahmt.

»Ich wollte nur sagen«, meinte Scrooges Neffe, »dass die Folge seines Missfallens an uns und seiner Weigerung, mit uns fröhlich zu sein, die ist, dass er einige angenehme Augenblicke verliert, die ihm nichts schaden würden. Gewiss verliert er angenehmere Unterhaltung, als ihm seine eigenen Gedanken in seinem dumpfigen alten Kontor oder in seiner Wohnung bereiten. Ich versuche ihm jedes Jahr Gelegenheit dazu zu geben, mag es ihm nun gefallen oder nicht, denn er dauert mich. Er mag auf Weihnachten schimpfen, bis er stirbt, aber er muss doch endlich besser davon denken, wenn er mich jedes Jahr in guter Laune zu ihm kommen sieht, mit den Worten: ›Onkel Scrooge, wie geht es Ihnen?‹ – Wenn es ihm nur den Gedanken einflößt, seinem armen Kommis fünfzig Pfund zu hinterlassen, so ist das doch wenigstens etwas: und ich glaube, ich packte ihn gestern.«

Jetzt war an ihnen die Reihe zu lachen bei dem Gedanken, dass er Scrooge gepackt hätte. Aber da er durch und durch gutmütig war und sich nicht viel darum kümmerte, worüber sie lachten, wenn sie überhaupt lachten, stimmte er in ihre Fröhlichkeit mit ein und ließ die Flasche wacker herumgehen.

Nach dem Tee kam Musik an die Reihe. Denn es war eine musikalische Familie, und sie wussten, was sie taten, wenn sie einen Glee oder Catch sangen, darauf könnt ihr euch verlassen, namentlich Topper, der den Bass nach Noten brummen konnte, ohne dass die großen Adern auf der Stirn anschwollen oder sich sein Gesicht rötete. Scrooges Nichte spielte die Harfe recht gut und spielte unter anderen Stücken auch ein kleines Liedchen (ein bloßes Nichts, ihr hättet es in zwei Minuten pfeifen gelernt), das jenes Kind oft gesungen hatte, von dem Scrooge aus der Schule geholt worden war, wie ihm der Geist der vergangenen Weihnachten gezeigt hatte. Als Scrooge dieses Liedchen hörte, trat alles, was ihm der Geist gezeigt hatte, abermals vor seine Seele: Er wurde weicher und weicher und dachte, wenn er es vor Jahren hätte oft hören können, so hätte er die freundlichen Seiten des Lebens genießen können, ohne erst zu Marleys Geist seine Zuflucht um Belehrung nehmen zu müssen.

Aber sie widmeten nicht den ganzen Abend der Musik. Nach einer Weile fingen sie Pfänderspiele an, denn es ist gut, zuweilen Kind zu sein – und vorzüglich zu Weihnachten, da der Urheber dieses Festes selbst noch ein Kind war. Doch halt, erst spielten sie Blindekuh. Und ich glaube ebenso wenig, dass Topper wirklich blind war, wie ich glaube, er habe Augen in seinen Stiefeln. Ich vermute, die Sache war zwischen ihm und Scrooges Neffen abgekartet, und der Geist der diesjährigen Weihnachten wusste es wohl! Die Art, wie er die runde Schwester in dem Spitzenkragen verfolgte, war eine Beleidigung aller menschlichen Leichtgläubigkeit. Wo sie ging, ging auch er – die Feuereisen umstoßend, über Stühle stolpernd, gegen das Piano rennend und sich in den Gardinen verwickelnd.

Immer wusste er, wo die runde Schwester war. Wenn jemand gegen ihn gefallen wäre, wie es einige machten, oder sich vor ihn hingestellt hätte, hätte er so getan, als bemühe er sich, ihn zu ergreifen, wäre aber augenblicklich umgekehrt – der runden Schwester nach. Sie rief oft, das sei nicht ehrlich, und das war es auch in der Tat nicht. Aber endlich hatte er sie gefunden, und ungeachtet ihres Sträubens zwängte er sie in eine Ecke, aus der keine Flucht möglich war; und da wurde seine Aufführung ganz abscheulich. Denn sein Vorgeben, er kenne sie nicht, er müsse erst ihren Kopfputz anfassen und, um sie zu erkennen, einen gewissen Ring auf ihrem Finger und eine bestimmte Kette um ihren Hals befühlen, war ganz, ganz abscheulich! Und gewiss sagte sie ihm auch tüchtig ihre Meinung darüber, denn als ein anderer Blinder an der Reihe war, tuschelten sie hinter den Gardinen sehr vertraut miteinander.

Scrooges Nichte nahm nicht am Blindekuhspiel teil, sondern saß gemütlich in einer traulichen Ecke in einem Lehnstuhl mit einem Fußbänkchen davor, und der Geist und Scrooge standen dicht hinter ihr. Aber bei den Pfänderspielen machte sie mit und liebte ihre Liebe mit allen Buchstaben des Alphabets zur allgemeinen Bewunderung. Auch in dem Spiel „Wie, Wann und Wo" war sie sehr tüchtig und stellte zur geheimen Freude von Scrooges Neffen ihre Schwestern gar sehr in den Schatten, obgleich sie auch ganz gescheite Mädchen waren, wie uns Topper hätte versichern können. Es mochten ungefähr zwanzig Personen da sein, junge und alte, aber sie spielten alle, und auch Scrooge spielte mit. Denn in seiner Teilnahme an den Vorgängen, ganz vergessend, dass seine Stimme ihnen nicht hörbar war, gab er oft seine Antwort auf die Fragen ganz laut und riet auch oft ganz richtig.

Dem Geist gefiel es sehr gut, ihn in dieser Laune zu sehen, und er blickte ihn so freundlich an, dass ihn Scrooge wie ein Knabe bat, noch warten zu dürfen, bis die Gäste fortgingen. Aber der Geist sagte, dies könne nicht geschehen.

„Es fängt ein neues Spiel an", sagte Scrooge. „Nur eine einzige halbe Stunde, Geist."

Es war ein Spiel, das man „Ja und Nein" nennt, bei dem sich Scrooges Neffe etwas ausdenken musste und die anderen erraten mussten, was; auf ihre Fragen brauchte er dann nur mit Ja oder Nein zu antworten. Die schnell aufeinanderfolgenden Fragen, die ihm vorgelegt wurden, ergaben schließlich, dass er sich ein Geschöpf dachte – ein lebendiges Wesen, ein hässliches, wildes Geschöpf, das zuweilen brummt und zuweilen spricht und sich in London aufhält, in den Straßen herumläuft, nicht für Geld gezeigt, nicht herumgeführt wird, nicht in einer Menagerie ist und nicht geschlachtet wird. Es war weder ein Pferd noch ein Esel, weder eine Kuh noch ein Ochs, weder ein Tiger noch ein Hund, weder ein Schwein noch eine Katze und auch kein Bär. Bei jeder neuen Frage, die ihm gestellt wurde, brach Scrooges Neffe erneut in Gelächter aus und konnte gar nicht mehr aufhören, sodass er vom Sofa aufstehen und mit den Füßen stampfen musste. Schließlich rief die runde Schwester mit ebenso unauslöschlichem Gelächter:

„Ich habe es, Fred, ich weiß es, ich weiß es."

»Was ist es?«, rief Fred.

»Es ist Onkel Scrooge.«

Und der war es auch. Verwunderung war das allgemeine Gefühl, obgleich einige meinten, die Frage: »Ist es ein Bär?« hätte mit Ja beantwortet werden müssen, denn eine verneinende Antwort sei schon hinreichend gewesen, ihre Gedanken von Scrooge abzubringen, selbst wenn sie auf dem Wege zu ihm gewesen wären.

»Nun, er hat uns Freude genug gemacht«, sagte Fred, »und so wäre es undankbar, nicht auf seine Gesundheit zu trinken. Hier ist ein Glas Glühwein dazu bereit. Es lebe Onkel Scrooge!«

»Es lebe Onkel Scrooge!«, stimmten alle ein.

»Fröhliche Weihnachten und ein glückliches Neujahr dem Alten, sei er, wie er wolle!«, sagte Scrooges Neffe. »Er wollte meinen Wunsch nicht annehmen, aber er soll ihn dennoch haben.«

Dem Onkel Scrooge war es unmerklich so fröhlich und leicht zu Sinne geworden, dass er der von seiner Gegenwart nichts ahnenden Gesellschaft ihren Toast erwidert und mit einer unhörbaren Rede gedankt haben würde, hätte ihm der Geist Zeit dazu gelassen. Aber alles verschwand im Hauch vom letzten Wort des Neffen, und Scrooge und der Geist waren schon wieder unterwegs. Sie gingen weit und sahen viel und besuchten manchen Herd, aber immer spendeten sie Glück. Der Geist stand neben Kranken, und sie wurden heiter und hoffend; neben Wanderern in fernen Ländern, und sie träumten von der Heimat; neben solchen, die mit dem Leben rangen, und sie harrten geduldig aus; neben Armen, und sie wurden reich. Im Armenhaus und im Lazarett, im Kerker und in jedem Zufluchtsort des Elends, wo der Mensch in seiner kurzen ärmlichen Herrschaft dem Geiste die Tür verschlossen hatte, spendete er seinen Segen und lehrte Scrooge seine Weise.

Es war eine lange Nacht, wenn es nur eine Nacht war; aber Scrooge zweifelte daran, denn die Weihnachtsfeiertage schienen in die Zeit, in der sie miteinander verrannen, zusammengedrängt zu sein. Es war auch sonderbar, dass der Geist offenbar älter wurde, während Scrooge äußerlich ganz unverändert blieb. Scrooge hatte diese Veränderung zwar bemerkt, sprach aber nie davon, bis sie von einer Kinderweihnachtsgesellschaft weggingen, wo er bemerkte, dass des Geistes Haar schnell grau geworden war.

»Ist das Leben der Geister so kurz?«, fragte Scrooge.

»Mein Leben ist sehr kurz auf dieser Erde«, sagte der Geist, »es endet noch in dieser Nacht.«

»In dieser Nacht noch!«, rief Scrooge.

»Heute um Mitternacht. Horch, die Zeit nahet schon.«

Die Glocke schlug drei Viertel auf zwölf.

»Vergib mir, wenn ich nicht recht tue, zu fragen«, sagte jetzt Scrooge, scharf auf des Geistes Gewand blickend, »aber ich sehe etwas Seltsames unter deinem Mantel hervorblicken, was nicht zu dir zu gehören scheint. Ist es ein Fuß oder eine Klaue?«

»Nach dem wenigen Fleisch, was darauf sitzt, könnte es schon eine Klaue sein«, gab der Geist traurig zur Antwort und fuhr fort: »Sieh hier!«

Aus den weiten Falten seines Gewandes hervor erschienen jetzt zwei Kinder, elend, abgemagert, hässlich und mitleiderregend. Sie knieten vor dem Geiste nieder und hielten sich festgeklammert an dem Saum seines Gewandes.

»O Mensch, sieh hier«, rief der Geist. »Sieh hier, sieh hier!«

Es war ein Knabe und ein Mädchen. Fahlen Gesichtes, elend, zerlumpt und mit wildem, tückischem Blick; aber doch auch ängstlich und gedrückt in ihrer Demut. Wo die Schönheit der Jugend ihre Züge hätte durchleuchten und mit ihren frischesten Farben kleiden sollen, hatte sie eine runzlige, abgelebte Hand, gleich der des Alters, berührt und versehrt. Wo Engel hätten thronen können, lauerten Teufel mit grimmigem, drohendem Blick. Keine Veränderung, keine Entwürdigung der Menschheit in allen Geheimnissen der Schöpfung hat so schreckliche und grauenerregende Ungeheuer aufzuweisen.

Entsetzt fuhr Scrooge zurück. Da sie ihm der Geist auf solche Weise gezeigt hatte, versuchte er zu sagen, es wären schöne Kinder, aber die Worte erstickten ihm von selbst, um nicht teilzuhaben an einer so ungeheuren Lüge.

„Geist, sind das deine Kinder?" Weiter konnte Scrooge nichts sagen.

„Es sind des Menschen Kinder", erwiderte der Geist, auf sie herabschauend. „Und sie hängen sich an mich, vor mir ihre Väter anklagend. Dieses Mädchen ist die Unwissenheit. Dieser Knabe ist der Mangel. Schau sie beide wohl an, und vor allem diesen Knaben; denn auf seiner Stirn seh' ich geschrieben, was Verhängnis ist, wenn die Schrift nicht verlöscht wird. Leugnet es", rief der Geist, seine Hand nach der Stadt ausstreckend.

„Verleumdet alle, die es euch sagen! Gebt es zu um eurer Parteizwecke willen und macht es noch schlimmer! Und erwartet das Ende!"

„Haben sie keine Stütze, keinen Zufluchtsort?", rief Scrooge.

„Gibt es keine Gefängnisse?", sagte der Geist, das letzte Mal die eigenen Worte von Scrooge gegen ihn gebrauchend. „Gibt es keine Armenhäuser?"

Die Glocke schlug zwölf.

Scrooge sah sich um nach dem Geist, aber er war verschwunden. Als der letzte Schlag verklungen war, erinnerte er sich an die Vorhersage des alten Jacob Marley und sah, die Augen erhebend, ein grauenerregendes, tief verhülltes Gespenst auf sich zukommen, wie ein Nebel auf dem Boden dahinzurollen pflegt.

Vierte Strophe

Der letzte Geist

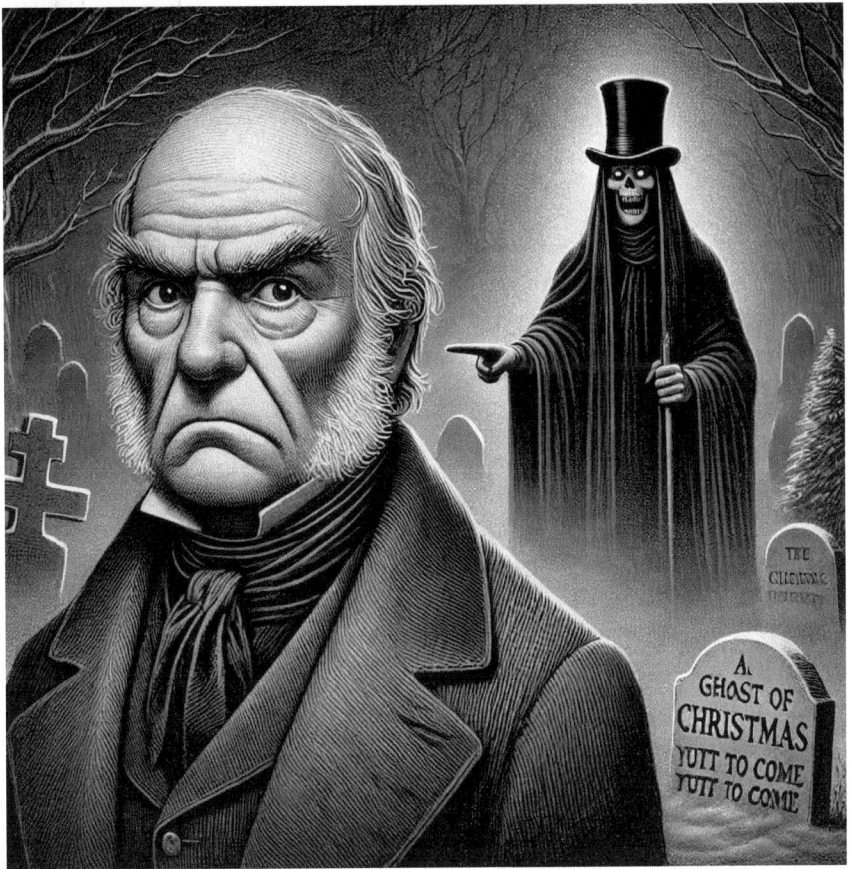

Die Erscheinung kam langsam, feierlich, schweigend auf ihn zu. Als sie herangekommen war, fiel Scrooge auf die Knie, denn selbst die Luft, durch die sich der Geist bewegte, schien geheimnisvolles Grauen um sich zu verbreiten.

Die Erscheinung war verhüllt in einen schwarzen, weiten Mantel, der nichts von ihr sehen ließ, außer einer ausgestreckten Hand. Wäre diese nicht gewesen, wäre es schwer gewesen, die

Gestalt von der Nacht zu unterscheiden, die sie umgab!

Als sie neben ihm stand, fühlte er, dass sie groß und stattlich war und dass ihn ihre geheimnisvolle Gegenwart mit einem feierlichen Grauen erfüllte. Er wusste weiter nichts, denn der Geist sprach und bewegte sich nicht.

„Ich stehe vor dem Geist der zukünftigen Weihnacht?", fragte Scrooge.

Der Geist antwortete nicht, sondern wies mit der Hand zur Erde hinab.

„Du willst mir die Schatten der Dinge zeigen, die noch nicht geschehen sind, aber noch geschehen werden?", fuhr Scrooge fort. „Willst du das, Geist?"

Der obere Teil der Verhüllung bauschte sich einen Augenblick in Falten, als ob der Geist sein Haupt neige; dies war die einzige Antwort, die Scrooge erhielt.

Obgleich schon ziemlich an gespenstische Gesellschaft gewöhnt, bangte Scrooge vor der stummen Erscheinung so sehr, dass seine Knie wankten und er kaum noch stehen konnte, als er sich bereit machte, ihr zu folgen. Der Geist stand einen Augenblick still, als bemerke er die Furcht seines Begleiters und wolle ihm Zeit lassen, sich zu erholen.

Aber Scrooge fühlte sich dadurch nur noch schlechter. Ein fremdes, unbestimmtes Grausen durchfuhr ihn bei dem Gedanken, dass sich hinter diesem schwarzen Schleier gespenstische Augen fest auf ihn heften könnten, während er, obgleich er seine Augen aufs Äußerste anstrengte, doch nichts sehen konnte außer der gespenstischen Hand und einer großen, schwarzen Faltenmasse.

„Geist der Zukunft", rief er, „ich fürchte dich mehr als die Geister, die ich schon gesehen habe. Aber da ich weiß, dass es dein Zweck ist, mir Gutes zu tun, und da ich noch zu leben hoffe, um ein anderer Mensch zu werden, als ich bisher war, bin ich willens, dich zu begleiten, und tue es mit einem dankerfüllten Herzen. Willst du nicht zu mir sprechen?"

Die Gestalt gab ihm keine Antwort. Die Hand wies gerade vor ihm hin in die Ferne.

„Führe mich", bat Scrooge. „Führe mich, die Nacht schwindet schnell, und die Zeit ist für mich kostbar. Führe mich, Geist."

Die Erscheinung bewegte sich ebenso von ihm weg, wie sie auf ihn zugekommen war. Scrooge folgte dem Schatten ihres Gewandes, der ihn aufhob und von dannen trug.

Es war kaum, als ob sie in die City traten; eher schien die City rings um sie her in die Höhe zu wachsen und sie zu umdrängen. Aber sie waren doch mitten in ihrem Herzen, auf der Börse, unter den Kaufleuten, die geschäftig hin- und her eilten, mit dem Geld in ihren Taschen klimperten, in Gruppen miteinander sprachen, nach der Uhr sahen und gedankenvoll mit den großen, goldenen Petschaften an den Uhrketten spielten, wie Scrooge es schon so oft gesehen hatte.

Der Geist blieb bei einer Gruppe von Kaufleuten stehen, und Scrooge sah, dass die Hand der Erscheinung darauf hinwies; daher näherte er sich ihnen, um ihr Gespräch zu belauschen.

»Nein, ich weiß nicht viel davon zu sagen«, sagte ein großer, fetter Mann mit einem ungeheuren Doppelkinn. »Ich weiß nur, dass er tot ist.«

»Wann starb er denn?«, fragte ein anderer.

»Vorige Nacht, glaub' ich.«

»Mein Gott, was hat ihm denn gefehlt?«, mischte sich ein Dritter ein, der dabei eine große Prise aus einer sehr großen Dose nahm. »Ich dachte, der würde nie sterben.«

»Weiß Gott«, sagte der Erste und gähnte.

»Was hat er mit seinem Geld angefangen?«, fragte ein Herr mit einem roten Gesicht und einem Auswuchs an der Nasenspitze, der wie der Lappen eines Truthahns wackelte.

»Ich habe nichts davon gehört«, sagte der Mann mit dem fetten Doppelkinn und gähnte abermals. »Hat es wahrscheinlich seiner Firma hinterlassen. Mir hat er's nicht vermacht, das weiß ich.«

Dieser reizende Scherz wurde mit einem allgemeinen Gelächter begrüßt.

»Es wird wohl ein sehr billiges Begräbnis werden«, fuhr der Dicke mit dem Doppelkinn fort, »denn so wahr ich lebe, ich kenne niemanden, der mitgehen sollte. Wenn wir nun zusammenträten und freiwillig mitgingen?«

»Ich tue mit, wenn für einen Lunch gesorgt wird«, bemerkte der Herr mit dem Truthahnlappen an der Nasenspitze. »Aber ich muss zu essen haben, wenn ich dabei sein soll.«

Ein neues Gelächter.

»Nun, da bin ich doch wohl der Uneigennützigste von euch«, meinte der erste Sprecher, »denn ich trage nie schwarze Handschuhe und esse nie Lunch. Aber ich gehe mit, wenn sich noch andere finden. Wenn ich mir's recht überlege, war ich am Ende sein vertrautester Freund; denn wir blieben stehen und sagten einander, wenn wir uns auf der Straße trafen: ›Guten Morgen, guten Morgen!‹«

Sprecher und Zuhörer gingen fort und mischten sich unter andere Gruppen. Scrooge kannte die Leute und sah den Geist mit einem fragenden Blick an.

Die Erscheinung schwebte weiter und hinaus auf die Straße.

Ihre Hand wies auf zwei sich begegnende Personen. Und wieder hörte Scrooge zu, in der Hoffnung, jetzt die Erklärung zu finden.

Denn er kannte auch diese Leute recht gut. Es waren Kaufleute, sehr reich und von großem Ansehen. Er hatte sich immer bestrebt, in ihrer Achtung zu bleiben, das heißt in Geschäftssachen, rein in Geschäftssachen.

»Wie gehts?«, sagte der eine.

»Wie gehts Ihnen?«, der andere.

»Gut«, erwiderte der Erste. »Der alte Knauser ist endlich tot, wissen Sie es schon?«

»Ich hörte es«, antwortete der Zweite. »Es ist kalt heute, nicht wahr?«

»Wie sichs zu Weihnachten schickt. Sie sind wohl kein Schlittschuhläufer?«

»Nein, nein. Habe an andere Sachen zu denken. Guten Morgen!«

Kein Wort weiter. So trafen sie sich, so trennten sie sich.

Scrooge war erst geneigt zu staunen, dass der Geist auf anscheinend so unbedeutende Gespräche ein Gewicht zu legen schien; aber sein Gefühl sagte ihm, dass sie eine verborgene Bedeutung haben müssten, und er zerbrach sich den Kopf, welcher Art diese sein könnte.

Die Gespräche konnten sich nicht auf den Tod Jacobs, seines alten Kompagnons, beziehen, denn der gehörte der Vergangenheit an, und sein Führer war doch der Geist der Zukunft. Auch konnte er sich niemanden von den ihm näher Angehenden vorstellen, auf den er sie hätte beziehen können. Aber in der Gewissheit, dass für ihn doch eine wichtige Lehre darin liege, auf wen sie sich auch beziehen mochten, beschloss er, jedes Wort, das er hörte, und jede Szene, die er sah, treu in seinem Herzen aufzubewahren und vorzüglich seinen Schatten zu beobachten, wenn er erschien. Denn er erwartete von dem Benehmen seines zukünftigen Selbst die noch fehlende Aufklärung und die Lösung der Rätsel, die ihm jetzt so schwierig vorkamen.

Schon auf der Börse sah er sich nach seinem Selbst um; aber ein anderer stand in seiner gewohnten Ecke, und obgleich die Uhr die Stunde zeigte, zu der er gewöhnlich dort war, bemerkte er sich doch auch nicht unter den Scharen, die sich durch den Eingang hereindrängten. Das überraschte ihn indessen umso weniger, als er schon lange daran gedacht hatte, sein Geschäft aufzugeben; und nun glaubte und hoffte er, in diesen Erscheinungen schon die einstige Verwirklichung seines Plans zu erblicken.

Regungslos und schwarz stand neben ihm das Gespenst mit seiner starr ausgestreckten Hand. Als er wieder von seiner nachdenklichen Stellung aufblickte, glaubte er (nach der Richtung der Hand zu urteilen), dass sich die unsichtbaren Augen fest auf ihn hefteten. Bei diesem Gedanken überlief ihn ein kalter Schauer.

Sie verließen darauf die geschäftige Umgebung und gingen in einen abgelegenen Teil der Stadt, wo Scrooge nie vorher gewesen war, dessen Lage und schlechten Ruf er aber kannte. Die Straßen waren schmutzig und eng, die Läden und Häuser ärmlich, die Menschen halb nackt, betrunken, barfuß, hässlich. Gässchen und Torwege strömten, wie ebenso viele Kloaken, abscheuerregende Gerüche und Schmutz und Menschen in die Straßen, und das ganze Viertel schien erfüllt von Verbrechen, Unrat und Elend.

In einem der tiefsten Winkel dieses Zufluchtsorts der Sünde und des Verbrechens befand sich ein niedriger, dunkler Laden unter einem Wetterdach, in dem Eisen, Lumpen, Flaschen, Knochen und Fleischabfälle verkauft wurden. Auf dem Fußboden lag ein Haufen verrosteter Schlüssel, Nägel, Ketten, Türangeln, Feilen, Wagen, Gewichte und altes Eisen aller Art. Geheimnisse, die zu enträtseln wenige verlangen würden, entstanden und verbargen sich in Bergen widerlicher Lumpen, Massen verdorbenen Fettes und ganzen Beinhäusern von Knochen. Mitten unter seinen Waren saß neben einem aus alten Kacheln zusammengesetzten Ofen ein grauhaariger, fast siebzigjähriger Schelm, der sich vor der Kälte draußen durch einen bauschigen Vorhang aus allerlei, auf eine Leine gehängten Lumpen geschützt hatte und seine Pfeife voll Behagen rauchte.

Scrooge und die Erscheinung traten neben diesen Mann, als eine Frau mit einem schweren Bündel in den Laden schlich. Kaum war sie eingetreten, als ihr eine zweite Frau, auch mit einem Bündel, folgte, und dieser dicht auf den Fersen ein Mann in einem alten, schwarzen, abgetragenen Anzug, der nicht weniger vor dem Anblick der beiden erschrak, als diese voreinander erschrocken waren. Nach einigen Augenblicken wortlosen Staunens, an dem sich der Alte mit der Pfeife beteiligt hatte, brachen sie alle drei in ein lautes Gelächter aus.

»Schau an, die Putzfrau ist die erste«, rief die zuerst Eingetretene. »Schau an, die Waschfrau ist die zweite, und der Sargträger ist der dritte. He, Joe, das ist ein Glücksfall! Wir treffen uns hier alle drei, ohne dass wir uns verabredet haben.«

»Ihr hättet euch an keinem besseren Ort treffen können«, sagte der alte Joe, die Pfeife aus dem Mund nehmend. »Kommt in den Salon. Ihr habt schon lange freien Zutritt dort, das wisst ihr ja, und die anderen zwei sind auch keine Fremden. Wartet, bis ich die Ladentür zugemacht habe. Oh, wie sie knarrt! Ich glaube, es gibt kein so rostiges Stück Eisen in dem ganzen Laden wie die Türangeln; und ich weiß, es gibt keine so alten Knochen hier wie meine. Haha, wir passen zu unserem Geschäft. Kommt in den Salon!«

Der Salon war der Raum hinter dem Lumpenvorhang. Der Alte kratzte das Feuer mit einem alten Rouleaustab zusammen, schob den Docht seiner qualmigen Lampe – denn es war Abend – mit dem Pfeifenstiel in die Höhe und steckte diese dann wieder in den Mund.

Während er damit beschäftigt war, warf die zuerst eingetretene Frau ihr Bündel auf den Boden und setzte sich mit kokettierender Frechheit auf einen Stuhl; dann legte sie die Hände auf die Knie und sah die beiden anderen herausfordernd an.

»Nun, was ist dabei, was ist schon dabei, Mrs. Dilber? Jeder hat das Recht, für sich zu sorgen. Und er tat es immer.«

»Das ist wahr«, sagte die Waschfrau. »Keiner tat es eifriger.«

»Na, warum gafft ihr da einander an, als hättet ihr Bange, wer der Schlauere sei? Wir wollen doch nicht einander die Augen aushacken, denk' ich.«

»Nein, gewiss nicht«, sagten Mrs. Dilber und der Mann wie aus einem Munde. »Wir wollen es nicht hoffen.«

»Na, gut denn«, rief die Frau, »das ist genug! Wem schadet's, wenn wir so ein paar Sachen mitnehmen wie die hier? Einer Leiche gewiss nicht.«

»Nein, gewiss nicht«, lachte Mrs. Dilber.

»Wenn er sie noch nach dem Tode behalten wollte, wie ein alter Geizhals«, fuhr die Frau fort, »warum war er nicht besser zu seinen Lebzeiten? Wäre er's gewesen, dann hätte er auch jemanden um sich gehabt, als er starb, statt dass er mutterseelenallein seinen letzten Atem fahren lassen musste.«

»Es ist das wahrste Wort, das je gesprochen wurde«, bestätigte Mrs. Dilber.

»Es ist ein Gottesgericht.«

»Ich wünschte, es wäre ein bisschen schwerer ausgefallen«, meinte die Frau, »und es wär auch, verlasst euch drauf, wenn ich hätte mehr bekommen können. Mach das Bündel auf, Joe, und sag mir, was es wert ist. Sprich dreist heraus. Ich fürchte mich nicht, die Erste zu sein, noch es die hier sehen zu lassen. Wir wussten ganz gut, dass wir für uns sorgten, ehe wir uns hier trafen. Das ist keine Sünde. Mach das Bündel auf, Joe.«

Aber die Galanterie ihrer Freunde wollte das nicht erlauben; und der Mann in dem abgetragenen schwarzen Rock brachte seine Beute zuerst. Es war nicht viel los damit: ein oder zwei Petschafte, ein silberner Bleistift, ein Paar Hemdknöpfe und eine Brosche von geringem Wert: das war alles. Die Gegenstände wurden von dem alten Joe untersucht und geschätzt, worauf er die Summe, die er für das Einzelne bezahlen wollte, an die Wand schrieb und zusammenrechnete, als er fand, dass nichts mehr nachkam.

»Das ist eure Rechnung«, sagte Joe, »und ich gebe keinen Sixpence mehr und sollte ich in Stücke gehauen werden. Wer kommt jetzt?«

Mrs. Dilber war die Nächste. Sie hatte Bett- und Handtücher, einige Kleidungsstücke, zwei altmodische silberne Teelöffel, eine Zuckerzange und einige Paar Stiefel. Ihre Rechnung wurde von Joe auf dieselbe Weise an die Wand geschrieben.

»Damen gebe ich immer zu viel. Es ist meine Schwäche, und ich richte mich damit zugrunde«, sagte der alte Joe. »Hier ist eure Rechnung. Wolltet ihr einen Pfennig mehr dafür haben und es darauf ankommen lassen, so täte es mir leid, so nobel gewesen zu sein, und ich zöge euch eine halbe Krone ab.«

»Und nun mach mein Bündel auf, Joe«, drängte die Erste.

Joe kniete nieder, um bequemer das Bündel öffnen zu können, und nachdem er viele, viele Knoten aufgemacht hatte, zog er eine große, schwere Rolle von einem dunklen Stoff heraus.

»Was ist das?«, staunte Joe. »Bettgardinen!«

»Ja«, rief das Weib lachend und sich vorbeugend. »Bettgardinen!«

»Ihr wollt doch nicht sagen, ihr hättet sie heruntergenommen, wie er dort lag?«, sagte Joe.

»Doch, freilich«, sagte das Weib. »Warum auch nicht?«

»Ihr seid geboren, euer Glück zu machen, und ihr werdet's auch.«

»Ich werde doch wahrhaftig meine Hand nicht leer einstecken, wenn ich sie nur auszustrecken brauche, um was zu kriegen, um so eines Mannes willen, wie der war. Wahrhaftig nicht, Joe«, antwortete das Weib ruhig. »Lass kein Öl auf die Bettdecken tropfen.«

»Seine Bettdecke?«, fragte Joe.

»Von wem soll sie denn sonst sein?«, entgegnete das Weib. »Er wird auch ohne die nicht frieren, das behaupte ich.«

»Er starb doch nicht etwa an etwas Ansteckendem?«, fragte der alte Joe bedenklich, seine Beschäftigung unterbrechend und sie anblickend.

»Das braucht ihr nicht zu befürchten«, antwortete die Frau. »Ich hatte ihn nicht so lieb, dass ich dann bei ihm geblieben wäre um solcher Lumpen willen. Ha, ihr könnt durch das Hemd gucken, bis euch eure Augen wehtun: Ihr findet kein Loch darin und keine dünne Stelle. Es ist das Beste, was er hatte, und seins ists auch. Sie hätten's verdorben, wenn ich nicht gewesen wäre.«

»Was meint ihr mit Verderben?«, fragte der alte Joe.

»Nun, ihm das Hemd in das Grab mitgeben, was sonst?«, erwiderte die Frau lachend. »Es war da einer dumm genug, es ihm anzuziehen, aber ich zog's ihm wieder aus. Wenn Kattun zu so etwas nicht gut genug ist, weiß ich nicht, wozu er sonst gut wäre. Er steht einer Leiche ebenso gut. Er kann nicht hässlicher aussehen, als er darin aussah.«

Scrooge hörte das Gespräch mit Grausen an. Wie sie da um ihren Raub herum in dem kärglichen Lampenlicht des Alten saßen, betrachtete er sie mit einem Ekel und einem Abscheu, der nicht größer hätte sein können, wenn es scheußliche Dämonen gewesen wären, die um die Leiche selbst feilschten.

»Ha, ha!«, lachte dieselbe Frau, als der alte Joe einen alten flanellnen Geldbeutel herauslangte und jedem den Preis des Raubes auf den Fußboden hinzählte. »Das ist das Ende von der Geschichte, seht ihr! Er scheuchte jeden von sich, solange er lebte, um uns zu nützen, da er tot ist! Hahaha!«

»Geist«, sagte Scrooge, vom Fuß bis zum Scheitel zitternd. »Ich verstehe dich. Das Los dieses Unglücklichen könnte das meine sein. Mein Leben geht jetzt auf dieses Ziel zu. Gnädiger Himmel, was ist das?«

Er fuhr entsetzt zurück, denn die Szene hatte sich verändert, und er stand dicht vor einem Bett, einem einsamen, unverhängten Bett, in dem unter einer groben Decke etwas Verhülltes lag, das, obgleich stumm, in einer grauenerregenden Sprache verkündete, was es war.

Das Zimmer war sehr dunkel, zu dunkel, um etwas sicher erkennen zu können, obgleich sich Scrooge, einem geheimen Gefühl folgend, voll Begierde umsah, um zu wissen, was für ein Zimmer es sei. Ein bleiches Licht, das von draußen hereinströmte, fiel gerade aufs Bett; und auf diesem, geplündert und beraubt, unbewacht und unbeweint, lag die Leiche dieses Mannes.

Scrooge blickte die Erscheinung an. Ihre regungslose Hand wies auf das Haupt des Leichnams. Die Decke war so sorglos zurechtgelegt, dass das geringste Verschieben, die leiseste Berührung von Scrooges Fingern das Antlitz enthüllt hätte. Er dachte daran, empfand, wie leicht es geschehen könnte, und sehnte sich, es zu tun; aber er hatte ebenso wenig die Kraft, die Hülle wegzuziehen, wie den Geist von seiner Seite zu entlassen.

Oh, kalter, starrer, schrecklicher Tod, hier richte deinen Altar auf und umgib ihn mit den Schrecken, über die du verfügst, denn dies ist dein Reich! Aber dem geliebten und verehrten Haupt kannst du kein Haar krümmen, von ihm kannst du keinen Zug widerlich machen. Auch wenn die Hand schwer ist und herabsinkt, wenn man sie fallen lässt, auch wenn das Herz und der Puls schweigen; die Hand war offen und barmherzig, das Herz war offen und warm und gut, und der Puls ein menschlicher. Töte, Schatten, töte! Und sieh, wie seine guten Taten aus der Todeswunde hervorströmen, um in der Welt ein unsterbliches Leben auszusäen!

Es war nicht etwa eine Stimme, die diese Worte in Scrooges Ohren flüsterte, aber doch hörte er sie, während er auf das Bett starrte. Er dachte, wenn dieser Mann jetzt wieder erweckt werden könnte, was würde wohl sein erster Gedanke sein? Nur Geiz, Hartherzigkeit, habgierige Sorge. – Ein schönes Ende haben sie ihm bereitet!

Er lag in dem düsteren, leeren Haus, und kein Mann, kein Weib, kein Kind war da, um zu sagen: „Er war gütig gegen mich in dem und in jenem, und dieses einen gütigen Wortes gedenkend will ich seiner warten." Eine Katze kratzte an der Tür, und die Ratten nagten und raschelten unter dem Kamin. Was sie in dem Gemach des Todes wollten und warum sie so unruhig waren, wagte Scrooge nicht auszudenken.

„Geist", sagte er, „dies ist ein schrecklicher Ort. Wenn ich ihn verlasse, werde ich nicht seine Lehre vergessen, glaube mir. Lass uns gehen."

Immer noch wies der Geist mit regungslosem Finger auf das Haupt der Leiche.

„Ich verstehe dich", antwortete Scrooge, „und ich täte es, wenn ich könnte. Aber ich habe die Kraft nicht dazu, Geist. Ich habe die Kraft nicht dazu."

Wieder schien ihn der Geist anzublicken.

„Wenn irgendjemand in der Stadt ist, der bei dieses Mannes Tod etwas fühlt", bat Scrooge ganz erschüttert, „so zeige mir ihn, Geist, ich flehe dich an."

Die Erscheinung breitete ihren dunklen Mantel einen Augenblick vor ihm aus wie einen Fittich; und wie sie ihn wieder wegzog, sah er ein taghelles Zimmer, in dem sich eine Mutter mit ihren Kindern befand.

Sie wartete auf jemandes Kommen in ängstlicher Hoffnung, denn sie ging im Zimmer auf und ab, erschrak bei jedem Geräusch, sah zum Fenster hinaus, blickte nach der Uhr, versuchte umsonst, sich zu beschäftigen, und konnte kaum die Stimmen der spielenden Kinder ertragen.

Endlich vernahm sie das langersehnte Klopfen an der Haustür, und als sie hinausgehen wollte, kam ihr der Gatte entgegen. Sein Gesicht war abgehärmt und bekümmert, obgleich er noch jung war! Es zeigte sich jetzt ein merkwürdiger Ausdruck darin: eine Art ernster Freude, deren er sich schämte und die er zu verbergen bestrebt war.

Er setzte sich zum Essen nieder, das man ihm am Feuer aufgehoben hatte; und als die Gattin ihn erst nach langem Schweigen fragte, was er für Nachrichten bringe, schien er um eine Antwort verlegen zu sein.

»Sind es gute«, fragte sie, »oder schlechte?«

»Schlechte«, gab er zur Antwort.

»Sind wir ganz zugrunde gerichtet?«

»Nein, noch ist Hoffnung vorhanden, Caroline.«

»Wenn er sich erweichen lässt«, rief sie erstaunt, »dann ist noch Hoffnung da! Nichts ist hoffnungslos, wenn ein solches Wunder geschehen ist.«

»Für ihn ist es zu spät, Erbarmen zu zeigen«, sagte der Gatte. »Er ist tot.«

Wenn ihr Gesicht Wahrheit sprach, so war sie ein mildes und geduldiges Wesen; aber sie war doch dankbar dafür in ihrem Herzen und sprach es mit gefalteten Händen aus. Doch schon im nächsten Augenblick bat sie Gott, dass er ihr verzeihen möge, und bereute es; aber das erste Gefühl war die Stimme ihres Herzens gewesen.

»Was mir die halbbetrunkene Frau gestern Abend meldete, als ich ihn sprechen und um eine Woche Aufschub bitten wollte, und was ich nur für einen bloßen Vorwand hielt, um mich abzuweisen, erweist sich jetzt als die reine Wahrheit. Er war nicht nur sehr krank, er lag schon im Sterben.«

»Auf wen wird unsere Schuld übergehen?«

»Ich weiß es nicht. Aber noch vor dieser Zeit werden wir das Geld haben; und selbst wenn dies nicht einträfe, wäre es fast unwahrscheinlich großes Pech, in seinem Erben einen ebenso unbarmherzigen Gläubiger zu finden. Wir können heut' Nacht leichteren Herzens schlafen, Caroline.«

Ja, sie mochten es verhehlen, wie sie wollten: ihre Herzen waren leichter. Die Gesichter der Kinder, die sich still um die Eltern drängten, um zu hören, was sie so wenig verstanden, erhellten sich, und alle wurden glücklicher durch diesen Mannes Tod. Das einzige von diesem Ereignis hervorgerufene Gefühl, das ihm der Geist zeigen konnte, war also eines der Freude.

»Lass mich ein zärtliches, bei einem Todesfall empfundenes Gefühl sehen«, bat Scrooge, »oder mir wird dieses dunkle Zimmer, das wir soeben verlassen haben, immer vor Augen bleiben.«

Nun führte ihn der Geist durch mehrere Straßen, die er oft gegangen war; und indem sie vorüberschwebten, hoffte Scrooge, sich hier und da zu erblicken, aber nirgends war er zu sehen. Sie traten in Bob Cratchits Haus, dessen Wohnung sie schon früher besucht hatten, und fanden dort die Mutter mit den Kindern um das Feuer sitzen.

Alles war ruhig, alles war still, sehr still. Die lärmenden kleinen Cratchits saßen stumm wie steinerne Bilder in einer Ecke und sahen auf Peter, der ein Buch vor sich hatte. Mutter und Töchter nähten. Aber auch sie waren still, sehr still.

»Und er nahm ein Kind und stellte es in ihre Mitte.«

Wo hatte Scrooge diese Worte gehört? Der Knabe musste sie gelesen haben, als er und der Geist über die Schwelle traten. Warum fuhr der Leser nicht fort?

Die Mutter legte ihre Arbeit auf den Tisch und führte die Hand gegen die Augen.

»Die Farbe tut mir weh«, sagte sie.

Die Farbe? Ach, der arme Tiny Tim!

»Es geht jetzt wieder besser«, sagte Cratchits Frau.

»Die Farbe tut mir weh bei Licht, und ich möchte nicht, dass Vater, wenn er heimkommt, meine roten Augen sieht. Es muss bald Zeit sein.«

»Fast schon vorüber«, erwiderte Peter, das Buch schließend. »Aber ich glaube, Mutter, er geht jetzt etwas langsamer als früher.«

Sie waren wieder sehr still. Endlich sagte sie mit einer ruhigen, heiteren Stimme, die nur ein einziges Mal zitterte:

»Ich weiß, dass er mit – ich weiß, dass er mit Tiny Tim auf der Schulter sehr schnell ging.«

»Ich auch«, rief Peter. »Oft.«

»Ich auch«, stimmten die anderen ein.

»Aber er war sehr leicht zu tragen«, fing sie wieder an, den Blick
fest auf ihre Arbeit gerichtet, »und der Vater liebte ihn so, dass
es keine Last für ihn war – keine Last. Doch horch: Da kommt
der Vater.«

Sie eilten ihm entgegen, und Bob mit dem Schal – der arme
Kerl hatte ihn nötig – trat herein. Sein Tee stand bereit, und sie
drängten sich alle herbei, und jeder wollte ihn am meisten bedie-
nen. Dann kletterten die beiden kleinen Cratchits auf seine
Knie, und jedes Kind legte eine kleine Wange an die seine, als
wollten sie sagen: »Gräm dich nicht, lieber Vater, sei nicht traurig.«

Bob war sehr heiter und sprach sehr munter mit der ganzen Familie. Er besah die Arbeit auf dem Tisch und lobte den Fleiß
und den Eifer seiner Frau und Töchter. Sie würden lange vor
Sonntag fertig sein, meinte er.

»Sonntag!« wiederholte die Frau. »Du warst also heute dort, Robert?«

»Ja, meine Liebe«, antwortete Bob. »Ich wollte, du hättest auch
hingehen können. Es würde dein Herz erfreut haben, zu sehen,
wie grün es dort ist. Aber du wirst es oft sehen. Ich versprach
ihm, sonntags hinzugehen. Mein liebes, liebes Kind!« meinte
Bob. »Mein liebes Kind!«

Er brach auf einmal zusammen. Er konnte nicht anders. Hätte
er anders gekonnt, so wären er und sein Kind einander wohl
weniger nahe gewesen.

Er verließ die Stube und ging die Treppe hinauf in ein Zimmer,
das hell erleuchtet und weihnachtsmäßig aufgeputzt war. Ein
Stuhl stand dicht neben dem Kind, und man sah, dass vor kur-

zem jemand da gewesen war. Der arme Bob setzte sich nieder, und als er ein wenig nachgedacht und sich gefasst hatte, küsste er das kleine kalte Gesicht. Er war versöhnt mit dem Geschehenen und ging wieder hinunter, ganz heiter.

Sie setzten sich um das Feuer und unterhielten sich; die Mädchen und die Mutter arbeiteten fort. Bob erzählte ihnen von Scrooges Neffen und seiner außerordentlichen Freundlichkeit, obwohl er ihn kaum ein einziges Mal gesehen habe. Er habe ihn heute auf der Straße getroffen, und als er bemerkt habe, dass er ein wenig niedergeschlagen aussähe, habe er ihn gefragt, was ihn bekümmere. »Hierauf«, sagte Bob, »erzählte ich es ihm, denn er ist der freundlichste junge Herr, den ich kenne. ›Ich bedaure Sie herzlich, Mr. Cratchit‹, sagte er, ›und auch Ihre gute Frau.‹ – Übrigens, wie er das wissen kann, möchte ich wissen.«

»Was soll er wissen, mein Lieber?«

»Nun, dass du eine gute Frau bist«, antwortete Bob.

»Jedermann weiß das«, meinte Peter.

»Sehr gut bemerkt, mein Junge«, rief Bob. »Ich hoffe, es ist so.«

»Herzlich bedaure ich Ihre gute Frau«, sagte er. »Wenn ich Ihnen auf irgendeine Weise behilflich sein kann«, setzte er hinzu, indem er mir seine Karte gab, »hier ist meine Adresse. Kommen Sie nur zu mir.«

»Nun, es ist nicht gerade darum«, sprach Bob, »weil er etwas für uns tun könnte, sondern mehr wegen seiner herzlichen Weise, dass ich mich darüber so freute. Es schien wirklich, als habe er unseren Tiny Tim gekannt und fühle mit uns.«

»Er ist gewiss eine gute Seele«, sagte Mrs. Cratchit.

»Du würdest das noch eher erkennen, meine Liebe«, antwortete Bob, »wenn du ihn sähest und mit ihm sprächest. Es sollte mich nicht wundern, wenn er Peter eine bessere Stelle verschaffte.

Denkt an meine Worte.«

»Nun höre nur, Peter«, sagte Mrs. Cratchit.

»Und dann«, rief eines der Mädchen, »wird sich Peter nach einer Frau umsehen.«

»Ach, sei still«, antwortete Peter lachend.

»Nun, das kann schon kommen«, sagte Bob, »doch bis dahin hat er noch eine Menge Zeit. Aber wie und wann wir uns auch voneinander trennen sollten, so bin ich doch überzeugt, dass keiner von uns den armen Tiny Tim vergessen wird oder diese erste Trennung, die wir erfuhren.«

»Niemals, Vater«, riefen alle.

»Und ich weiß«, sagte Bob, »ich weiß, meine Lieben, wenn wir daran denken, wie geduldig und wie sanft er war, obgleich er nur ein kleines Kind war, werden wir uns nicht so leicht zanken und den guten Tiny Tim vergessen, indem wir's tun.«

»Nein, niemals, Vater«, riefen wieder alle.

»Ich bin sehr glücklich«, sagte Bob, »sehr glücklich.«

Mrs. Cratchit küsste ihn, seine Töchter küssten ihn, die beiden kleinen Cratchits küssten ihn, und Peter und er drückten sich die Hand. Seele Tiny Tims, du warst ein Hauch von Gott.

»Geist«, sprach Scrooge, »etwas sagt mir, dass wir uns bald trennen werden. Ich weiß es, aber ich weiß nicht wie. Sag mir, wer war es, den wir auf dem Totenbett sahen?«

Der Geist der zukünftigen Weihnacht führte ihn wie zuvor – doch zu verschiedener Zeit, wie es ihm vorkam, und überhaupt schien in den letzten abwechselnden Gesichtern keine Zeitfolge stattzufinden – an die Zusammenkunftsorte der Geschäftsleute, aber er sah sich selber nicht. Der Geist hielt sich nirgends auf, sondern schwebte immer weiter, wie nach dem Ort zu, wo

Scrooge die gewünschte Lösung des Rätsels finden würde, bis ihn dieser bat, einen Augenblick zu verweilen.

»Ja, dieser Hof, durch den wir jetzt eilen«, sagte Scrooge, »war einst mein Geschäft und war es lange Jahre hindurch. Ich erkenne das Haus. Lass mich sehen, was ich in den kommenden Tagen sein werde.«

Der Geist stand still; die Hand zeigte anderswohin.

»Das Haus ist dort«, rief Scrooge. »Warum zeigst du anderswohin?«

Der unerbittliche Finger nahm keine andere Richtung an.

Scrooge eilte nach dem Fenster seines Kontors und schaute hinein. Es war noch ein Kontor, aber nicht das seinige. Die Möbel waren nicht dieselben, und die Gestalt in dem Stuhl war nicht die seine. Die Erscheinung zeigte nach derselben Richtung wie vorher.

Er trat wieder zu ihr hin und nachsinnend, warum und wohin sie gingen, begleitete er sie, bis sie eine eiserne Pforte erreichten. Er stand still, um sich vor dem Eintreten umzusehen.

Es war ein Kirchhof. Hier also lag der Unglückliche unter der Erde, dessen Namen er noch erfahren sollte. Der Ort war seiner würdig: rings von hohen Häusern umgeben, überwuchert von Unkraut, entsprossen dem Tod, nicht dem Leben der Vegetation, vollgepfropft mit zu vielen Leichen, genährt von übersättigtem Genuss.

Der Geist stand inmitten der Gräber still und deutete auf eines hinab. Scrooge näherte sich ihm bebend. Die Erscheinung war noch ganz so wie früher, aber ihm war es immer, als sähe er eine neue Bedeutung in der düsteren Gestalt.

»Ehe ich mich dem Stein nähere, den du mir zeigst«, sagte Scrooge, »beantworte mir eine Frage. Sind dies die Schatten der

Dinge, die sein werden, oder nur derer, die sein können?«

Immer noch wies der Geist auf das Grab hin, vor dem sie standen.

»Die Wege des Menschen tragen ihr Ziel in sich«, murmelte Scrooge. »Aber schlägt er einen anderen Weg ein, so ändert sich das Ziel. Sag, ist es so mit dem, was du mir zeigen wirst?«

Der Geist blieb so unbeweglich wie immer.

Scrooge näherte sich schlotternd dem Grab, und wie er der Richtung des Fingers folgte, las er auf dem Stein seinen eigenen Namen:

EBENEZER SCROOGE

»Bin ich es, der auf jenem Bett lag?", rief er, in die Knie sinkend.

Der Finger zeigte von dem Grab fort auf ihn und wieder zurück.

»Nein, Geist, o nein!«

Der Finger wies unveränderlich dorthin.

»Geist«, rief Scrooge, sich fest an sein Gewand klammernd, »ich bin nicht mehr der Mensch, der ich ehedem war. Ich will ein anderer Mensch werden, als ich vor diesen Tagen gewesen bin. Warum zeigst du mir dies, wenn alle Hoffnung geschwunden ist?«

Zum ersten Mal schien die Hand des Geistes zu zittern.

»Guter Geist«, fuhr er fort, »dein eigenes Herz legt bittend für mich ein Wort ein und bedauert mich. Sag mir, dass ich durch ein verändertes Leben die Schattenbilder, die du mir gezeigt hast, ändern kann!«

Die gütige Hand zitterte.

»Ich will Weihnachten in meinem Herzen ehren, ich will versuchen, es zu feiern. Ich will in der Vergangenheit, in der Gegenwart und in der Zukunft leben. Die Geister von allen dreien sollen in mir lebendig sein. Ich will ihren Lehren mein Herz nicht verschließen. O sage mir, dass ich die Schrift auf diesem Stein tilgen kann!«

In seiner Angst ergriff Scrooge die gespenstische Hand. Sie versuchte, sich von ihm loszumachen, aber er war stark in seinem Flehen und hielt sie fest. Der Geist, noch stärker, stieß ihn zurück.

Wie Scrooge die bebenden Hände zu einem letzten Flehen um Änderung seines Schicksals in die Höhe hielt, sah er die Erscheinung sich verändern. Sie wurde kleiner und kleiner und schwand zu einem Bettpfosten zusammen.

Fünfte Strophe

Das Ende

Ja, und es war sein eigener Bettpfosten. Es war sein Bett und sein Zimmer. Und was das Glücklichste und Beste war: Die Zukunft gehörte ihm, um sich zu bessern.

„Ich will in der Vergangenheit, in der Gegenwart und in der Zukunft leben", wiederholte Scrooge, als er aus dem Bett kletterte. „Die Geister von allen dreien sollen in mir lebendig sein. Oh, Jacob Marley! Der Himmel sei dafür gepriesen und die Weihnachtszeit! Ich sage es auf meinen Knien, alter Jacob, auf meinen Knien."

Er war von seinen guten Vorsätzen so durchflammt und außer sich, dass seine bebende Stimme auf seinen Ruf kaum antworten wollte. Während seines Ringens mit dem Geist hatte er bitterlich geweint, und sein Gesicht war noch nass von den Tränen.

„Sie sind nicht herabgerissen", rief Scrooge, eine der Bettgardinen an die Brust drückend, „sie sind nicht herabgerissen. Sie sind da, ich bin da, die Schatten der Dinge, die da kommen, können vertrieben werden. Ja, ich weiß es, ich weiß es gewiss."

Während dieser ganzen Zeit beschäftigten sich seine Hände mit den Kleidungsstücken: Er zog sie verkehrt an, zerriss sie, verlegte sie und machte damit allerhand tolle Sprünge.

„Ich weiß nicht, was ich tue", rief Scrooge in einem Atem weinend und lachend und mit seinen Strümpfen einen wahren Laokoon aus sich machend. – „Ich bin leicht wie eine Feder, selig wie ein Engel, vergnügt wie ein Schulknabe, schwindlig wie ein Trunkener. Fröhliche Weihnachten allen Menschen! Ein glückliches Neujahr der ganzen Welt! Hallo! Hussa! Hurra!"

Er war in das Wohnzimmer gesprungen und blieb jetzt drin ganz außer Atem stehen.

„Da ist die Schüssel, in der der Haferschleim war!" rief Scrooge, indem er um den Kamin herumhüpfte. „Da ist die Tür, durch die Jacob Marleys Geist hereinkam, da ist die Ecke, wo der Geist der diesjährigen Weihnacht saß, da ist das Fenster, wo ich die ruhelosen Geister sah! Es ist alles richtig, es ist alles wahr, es ist alles geschehen. Hahahaha!"

Für einen Mann, der so lange Jahre aus der Gewohnheit war, musste man es wirklich ein vortreffliches Lachen nennen, ein herrliches Lachen. Es war der Vater einer langen, langen Reihe herrlicher Lachsalven!

„Ich weiß nicht, den Wievielten wir heute haben", rief Scrooge. „Ich weiß nicht, wie lange ich unter den Geistern gewesen bin. Ich weiß gar nichts. Ich bin wie ein neugeborenes Kind. Es schadet nichts. Ist mir einerlei. Ich will lieber ein Kind sein. Hallo! Hussa! Hurra!"

Er wurde in seinen Freudenausbrüchen von dem Geläut der Kirchenglocken unterbrochen, die ihm so fröhlich zu klingen schienen wie nie zuvor. Bimbam, Klingklang, Bimbam. Nein, es war zu herrlich, zu herrlich!

Er lief zum Fenster, öffnete es und steckte den Kopf hinaus. Kein Nebel: ein klarer, lustig-heller, frischfroher Morgen, eine Kälte, die dem Blut einen Tanz vorpfiff, goldenes Sonnenlicht, ein himmlischer Himmel, lieblich-erquickende Luft, fröhliche Glocken. Oh, wie herrlich, wie herrlich!

„Was ist denn heute für ein Tag?", rief Scrooge einem Knaben in Sonntagskleidern zu, der unterm Fenster stand.

„Wie?", fragte der Knabe mit der allergrößten Verwunderung.

„Was ist heut' für ein Tag, mein Junge?", fragte Scrooge.

„Heute?", antwortete der Knabe. „Nun, Christtag."

„Es ist Christtag", sagte Scrooge zu sich selber. „Ich habe ihn also nicht versäumt. Die Geister haben alles in einer Nacht erledigt. Sie können alles, was sie wollen. Natürlich, natürlich. – Heda, mein Junge!"

»Was denn!«, antwortete der Knabe.

»Kennst du des Geflügelhändlers Laden in der zweitnächsten Straße an der Ecke?«, fragte Scrooge.

»Ja, warum denn nicht?«, antwortete der Junge.

»Ein gescheiter Junge«, nickte Scrooge. »Ein merkwürdiger Junge! Weißt du nicht, ob der Preistruthahn, der dort hing, verkauft ist? Nicht der kleine Preistruthahn, sondern der große.«

»Was, der so groß ist wie ich?«, entgegnete der Junge.

»Was für ein lieber Junge!«, lächelte Scrooge. »Es ist eine Freude, mit ihm zu sprechen. Freilich wohl, mein Prachtjunge.«

»Der hängt noch dort«, antwortete der Junge.

»Ists wahr?«, sagte Scrooge. »Na, dann lauf und kaufe ihn.«

»Hat sich was«, spottete der Junge.

»Nein, nein«, sagte Scrooge, »es ist mein Ernst. Geh hin und kaufe ihn und sag, sie sollen ihn hierher bringen, dass ich ihnen die Adresse geben kann, wohin sie ihn tragen sollen. Komm mit dem Träger wieder her, und ich gebe dir einen Shilling. Kommst du rascher als in fünf Minuten zurück, bekommst du eine halbe Krone.«

Der Bengel verschwand wie ein Blitz.

»Ich will ihn Bob Cratchit schicken«, flüsterte Scrooge, sich die Hände reibend und fast vor Lachen platzend. »Er soll nicht wissen, wer ihn schickt. Er ist zweimal so groß wie Tiny Tim. Einen Witz wie den hats noch nie gegeben.«

Als er die Adresse schrieb, zitterte seine Hand, aber er schrieb so gut es ging und stieg die Treppe hinab, um die Haustür zu öffnen und den Truthahn zu erwarten. Wie er dastand, fiel sein Auge auf den Türklopfer.

»Ich werde ihn lieb haben, solange ich lebe«, rief Scrooge, ihn streichelnd. »Früher habe ich ihn kaum angesehen. Was er für ein ehrliches Gesicht hat! Es ist ein wunderbarer Türklopfer! – Da ist der Truthahn. Hallo! Hussa! Wie gehts? Fröhliche Weihnachten!«

Das war ein Truthahn! Er hätte nicht mehr lang lebendig auf seinen Füßen stehen können. Sie wären – knix – zerbrochen wie eine Stange Siegellack.

»Was, das ist ja fast unmöglich, den nach Camden Town zu tragen!«, sagte Scrooge. »Ihr müsst einen Wagen nehmen.«

Das Lachen, mit dem er dies sagte, und das Lachen, mit dem er den Truthahn bezahlte, und das Lachen, mit dem er den Wagen bezahlte, und das Lachen, mit dem er dem Jungen ein Trinkgeld gab, wurde nur von dem Lachen übertroffen, mit dem er sich atemlos in seinen Stuhl niedersetzte und lachte, bis ihm die Tränen die Backen herunterliefen.

Das Rasieren war keine Kleinigkeit, denn seine Hand zitterte immer noch sehr, und Rasieren verlangt große Aufmerksamkeit, auch wenn man nicht gerade währenddessen tanzt. Aber selbst wenn er sich die Nasenspitze weggeschnitten hätte, würde er ein Stückchen Pflaster darauf geklebt und sich damit zufrieden gegeben haben.

Er zog seine besten Kleider an und trat endlich auf die Straße. Die Leute strömten gerade aus ihren Häusern, wie er es gesehen hatte, als er den Geist der diesjährigen Weihnacht begleitete; und mit auf dem Rücken zusammengeschlagenen Händen durch die Straßen gehend, blickte Scrooge jeden mit einem freundlichen Lächeln an. Er sah so unwiderstehlich freundlich aus, dass drei oder vier lustige Leute zu ihm sagten: »Guten Morgen, Sir, fröhliche Weihnachten!«, und Scrooge sagte oft nachher, dass von allen lieblichen Klängen, die er je gehört, dieser seinem Ohr am lieblichsten geklungen hätte.

Er war nicht weit gegangen, als er denselben stattlichen Herrn auf sich zukommen sah, der am Tag vorher in sein Kontor getreten war mit den Worten: „Scrooge und Marley, glaube ich.“ Es gab ihm förmlich einen Stich ins Herz, als er dachte, wie ihn wohl der alte Herr beim Vorübergehen ansehen würde; aber er wusste, welchen Weg er zu gehen hatte, und ging ihn.

„Lieber Herr", rief Scrooge, schneller laufend und den alten Herrn an beiden Händen ergreifend, „wie geht es Ihnen? Ich hoffe, Sie hatten gestern einen guten Tag? Es war sehr freundlich von Ihnen. Ich wünsche Ihnen fröhliche Weihnachten, Sir."

„Mr. Scrooge?"

„Ja", sagte Scrooge. „So ist mein Name, und ich fürchte, er klingt Ihnen nicht sehr angenehm. Erlauben Sie, dass ich Sie um Verzeihung bitte! Und wollen Sie die Güte haben ..." – hier flüsterte ihm Scrooge etwas ins Ohr.

„Himmel!", rief der Herr, als ob ihm der Atem ausgeblieben wäre. „Mein lieber Mr. Scrooge, ist das Ihr Ernst?"

„Wenn es Ihnen beliebt", sagte Scrooge. „Keinen Penny weniger. Es sind viele Rückstände dabei, ich versichere es Ihnen. Wollen Sie die Güte haben?"

„Bester Herr", sagte der andere, ihm die Hand schüttelnd, „ich weiß nicht, was ich zu einer solchen Freigebigkeit sagen soll."

„Ich bitte, sagen Sie gar nichts dazu", antwortete Scrooge. „Besuchen Sie mich. – Wollen Sie mich besuchen?"

„Herzlich gern", rief der alte Herr. Und man sah, es war ihm ernst mit dieser Versicherung.

„Ich danke Ihnen sehr", sagte Scrooge. „Ich bin Ihnen sehr verbunden. Ich danke Ihnen tausendmal. Leben Sie recht wohl!"

Er ging in die Kirche, ging durch die Straßen, sah die Leute hin- und herlaufen, klopfte Kindern die Wange, sprach mit Bettlern, spähte hinab in die Küchen und lugte hinauf zu den Fenstern der Häuser: und er fand, dass ihm all das Vergnügen bereiten könne. Er hätte es sich nie träumen lassen, dass ihn ein Spaziergang oder sonst etwas so glücklich machen könnte. Nachmittags lenkte er seine Schritte nach der Wohnung seines Neffen.

Er ging wohl ein Dutzendmal an der Tür vorüber, ehe er den Mut hatte anzuklopfen. Endlich fasste er sich ein Herz und klopfte.

„Ist dein Herr zu Hause, liebes Kind?", sagte Scrooge zu dem Mädchen. Ein nettes Mädchen, wahrhaftig!

„Ja, Sir."

„Wo ist er, liebes Kind?", sagte Scrooge.

„Er ist in dem Speisezimmer, Sir, mit Madame. Ich will Sie hinaufführen, wenn Sie erlauben."

„Danke, danke. Er kennt mich", sagte Scrooge, mit der Hand schon auf der Türklinke. „Ich will gleich eintreten, liebes Kind."

Er machte die Tür leise auf und steckte den Kopf hinein. Sie betrachteten gerade den Speisetisch (der mit großem Aufwand gedeckt war); denn junge Hausfrauen sind immer sehr bedacht darauf und sehen gern alles in hübschester Ordnung.

„Fred", rief Scrooge.

Heiliger Himmel, wie seine Nichte erschrak! Scrooge hatte in dem Augenblick vergessen, dass sie mit dem Fußbänkchen in der Ecke gesessen hatte, sonst hätte er es um keinen Preis getan.

»Potztausend!", rief Fred. »Wer kommt da?«

»Ich bin's. Dein Onkel Scrooge. Ich komme zum Essen. Willst du mich hereinlassen, Fred?«

Ihn hereinlassen! Es war nur gut, dass er ihm nicht den Arm abriss. Er war in fünf Minuten wie zu Hause. Nichts konnte herzlicher sein als die Begrüßung seines Neffen. Und auch seine Nichte empfing ihn nicht minder herzlich. Auch Topper, als er kam. Auch die runde Schwester, als sie kam. Und alle, wie sie nach der Reihe kamen. Wundervolle Gesellschaft, wundervolle Spiele, wundervolle Eintracht, wundervolle Glückseligkeit!

Aber am anderen Morgen war Scrooge früh in seinem Kontor. Oh, er war gar früh da. Zuerst dort zu sein und Bob Cratchit beim Zuspätkommen zu erwischen! Das wars, worauf sein Sinn stand. Und es gelang ihm wahrhaftig! Die Uhr schlug neun. Kein Bob. Ein Viertel nach neun. Kein Bob. Er kam volle achtzehn und eine halbe Minute zu spät. Scrooge hatte seine Tür weit offen stehen lassen, damit er ihn in das Verlies eintreten sähe.

Bobs Hut war vom Kopf, ehe er die Tür öffnete, auch der Schal von seinem Hals. Im Nu saß er auf seinem Stuhl und jagte mit der Feder über das Papier, als wollte er versuchen, neun Uhr einzuholen.

»Heda«, rief Scrooge, so gut es ging, seine gewohnte Stimme nachahmend. »Was soll das heißen, dass Sie so spät kommen?«

»Es tut mir sehr leid, Sir«, sagte Bob. »Ich habe mich verspätet.«

»So?«, sagte Scrooge. »Ja. Das kommt mir auch so vor. Hier herein, wenn's gefällig ist.«

»Es ist nur einmal im Jahr, Sir«, sagte Bob, aus dem Verlies hereintretend. »Es soll nicht wieder vorkommen. Ich war ein bisschen lustig gestern, Sir.«

»Nun, ich will Ihnen etwas sagen, Freundchen«, sagte Scrooge, »ich kann das nicht länger mit ansehen. Und daher«, fuhr er fort, von seinem Stuhl springend und Bob einen solchen Stoß vor die Brust gebend, dass er wieder in das Verlies zurückstolperte, »und daher will ich Ihr Salär erhöhen!«

Bob zitterte und trat dem Lineal etwas näher. Er hatte einen kurzen Gedanken, Scrooge damit eins auf den Kopf zu geben, ihn festzuhalten und die Leute im Hof um Beistand und um eine Zwangsjacke anzurufen.

»Fröhliche Weihnachten, Bob!", sagte Scrooge mit einem Ernst, der nicht missverstanden werden konnte, indem er ihm auf die Schulter klopfte. »Fröhlichere Weihnachten, Bob, als ich Sie so manches Jahr habe feiern lassen. Ich will Ihr Salär erhöhen und mich bemühen, Ihrer Familie unter die Arme zu greifen. Wir wollen heut' Nachmittag bei einem dampfenden Weihnachtspunsch über Ihre Angelegenheiten sprechen, Bob! Schüren Sie das Feuer an und kaufen Sie eine andere Kohlenschaufel, ehe Sie wieder einen Punkt auf ein i machen, Bob Cratchit!«

Scrooge war besser als sein Wort. Er tat nicht nur alles, was er versprochen hatte, sondern noch mehr, und für Tiny Tim, der nicht starb, wurde er ein zweiter Vater. Er wurde ein so guter Freund und ein so guter Mensch, wie nur die liebe alte City oder jedes andere liebe alte Städtchen oder Dorf in der lieben alten Welt je einen Freund und Menschen gesehen hat. Einige Leute lachten, als sie ihn so verändert sahen; aber er ließ sie lachen und kümmerte sich wenig darum, denn er war klug genug zu wissen, dass nichts Gutes in dieser Welt geschehen kann, worüber nicht von vornherein einige Leute lachen müssen: und da er wusste, dass solche Leute doch blind bleiben würden, so dachte er bei sich, es wäre besser, sie legten ihre Gesichter durch Lachen in Falten, als dass sie es auf weniger anziehende Weise täten. Sein eigenes Herz lachte, und damit war er vollauf zufrieden.

Er hatte keinen ferneren Verkehr mit Geistern, sondern lebte von jetzt an nach dem Grundsatz gänzlicher Enthaltsamkeit; und immer sagte man von ihm, er wisse Weihnachten recht zu feiern, wenn es überhaupt ein Mensch wisse. Möge dies auch in Wahrheit von uns allen gesagt werden können. Und so schließen wir mit Tiny Tims Worten: »Gott segne jeden von uns.«